故
小見山輝大人の御霊に

校注者

死者の書

釋迢空

戊寅、天子東狃㆓于澤中㆒。逢㆓寒疾㆒。天子舍㆓于澤中㆒。盛姫告㆑病。天子憐㆑之。□澤曰㆓寒氏㆒。盛姫求㆑飮。天子命㆑人取㆑漿而給。是曰㆓壺軨㆒。天子西至㆓于重璧之臺㆒。盛姫告㆓病㆒。□天子哀㆑之。是曰㆓哀次㆒。天子乃殯㆓盛姫于轂丘之廟㆒。□壬寅、天子命㆑哭。……癸卯、大哭。殤祀而載。甲辰、天子南、葬㆓盛姫於樂池之南㆒。乃命㆓盛姫□之喪㆒、視㆓皇后之葬法㆒。亦不拜後子諸侯。……甲申、天子北、升㆓大北之隥㆒而降休㆓于兩柏之下㆒。天子永念傷心、乃思㆓淑人盛姫㆒。於㆑是流涕。七萃之士葽豫上㆓諫天子㆒曰、自㆑古有㆑死有㆑生、豈獨淑人。天子不㆑樂出㆓於永思㆒。永思有㆑益、莫㆑忘㆓其新㆒。天子哀㆑之。乃又流涕。是日輟。己未。乙酉。天子西絶㆓鈃隥㆒。乃遂西南。戊子、至㆓于盬㆒己丑、天子南登㆓于薄山寘軨之隥㆒。乃宿㆓于虞㆒。庚申、天子南征。吉日辛卯、天子入㆓于南㆒。鄭

穆天子傳

一

[illegible]門にはひると、俄かに松風が吹きあてるやうに響いた。

一町も先に、堂伽藍が固まつて見える——そこまで、ずつと砂地である。白い地面に、廣い葉が青いまゝでちらばつて居るのは、朴の葉だ。

まともに、寺を壓してつき立つてゐるのが、二上山である。其眞下に、涅槃佛のやうな姿に寢てゐるのが、麻呂子山だ。其頂がやつと、講堂の屋の棟に乘つてゐるやうにしか見えない。

こんな事を、女の身で知つて居る譯はない。だが俊敏な此旅びとの胸には、其に似たほのかな綜合が出來あがつて居たに違ひない。暫らくの間、懐しさうに薄綠の山色を仰いで居る。其から赤色の激しく光る建て物へ、目を移して行つた。

此寺の落慶供養のあつたのは、つい四五日前であつた。まだ其日の喜ばしい騒ぎの響きが、どこかにする樣に、麓の村びと等には感じられて居る程なのだ。

山颪に吹き暴されて、荒草深い山裾の斜面に、萬藏法院のみ燈の煽られて居たのに[illegible]馴れた人たちは、この幸福な轉變に目を瞬つて居るだらう。此郷近くに田莊を持つて、奈良に數代住みついた豪族の[illegible]人も、あの日は歸つて來て居た。此は天竺の狐の爲わざではないか、其とも、此葛城郡に昔から殘つてゐる幻術師のする迷はしではないかと、廊を踏み鳴し、柱を叩いて見たりしたものである。

數年前の春の初め、野燒きの火が燃えのぼつて來て、唯一宇あつた堂が、忽痕もなくなつた。其でも、寺があつたとも思ひ出さぬほど、微かな昔であつた。

以前もの知らぬ里の女などが、其堂の名に不審を持つた。當麻の村にありながら、山田寺と言つたからである。山の背の河内の國安宿部郡の山田谷から移つて二百年、寂しい道場に過ぎなかつた。其でも一時は倶舍の寺として、榮えたこともあつたと傳へて居る。

國學院大學折口博士記念古代研究所蔵　作者自装本『死者の書』冒頭（上記研究所提供）

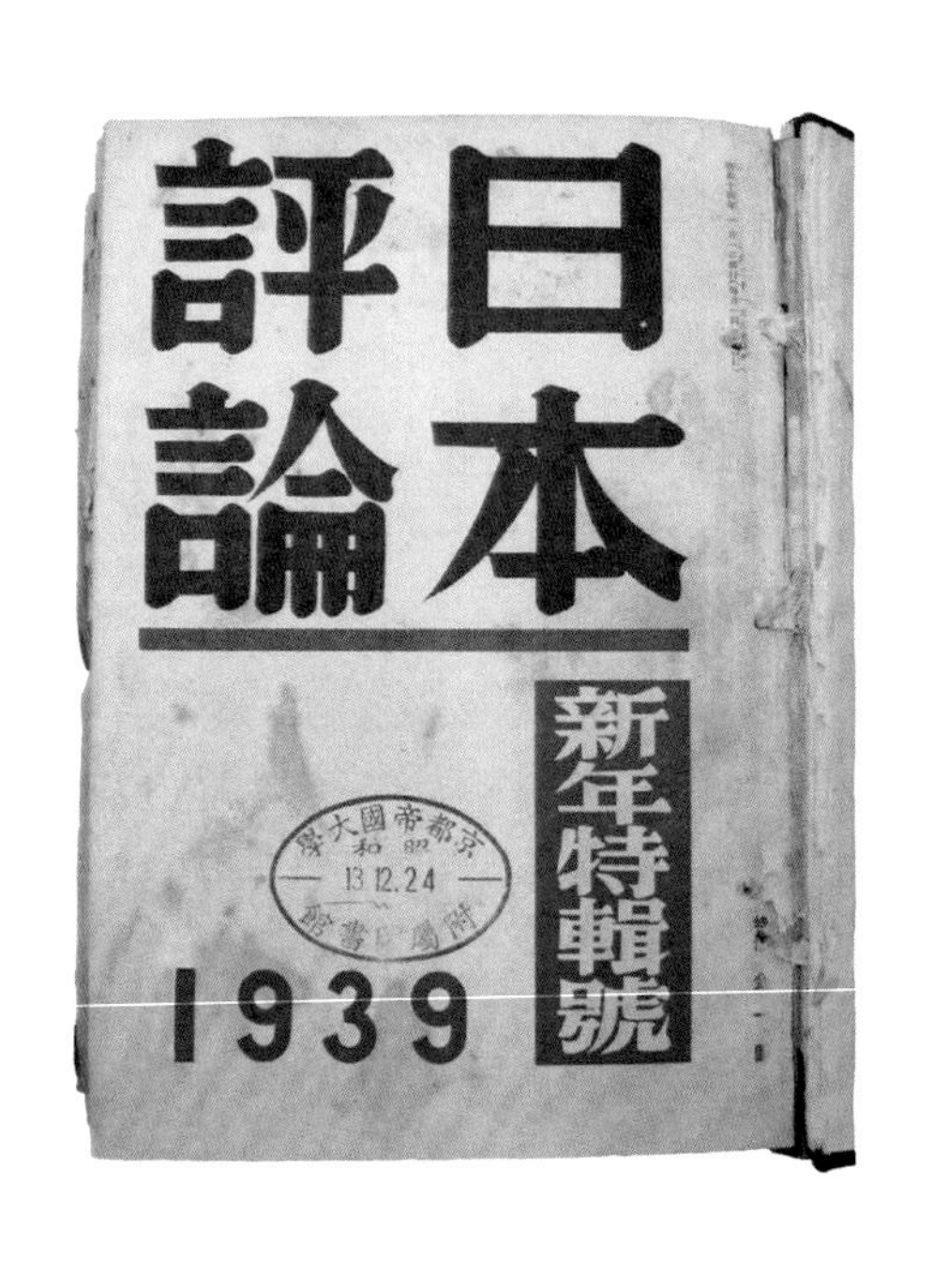

『日本評論』昭和十四年〈一九三九年〉新年特輯号表紙
(京都大学附属図書館蔵)

『日本評論』は、日本評論社発行の総合雑誌(月刊)である。一九三五年から、若干の曲折はあったが一九五六年まで続いた。十四年の三月号の執筆者には、中国の蒋介石の名も見える。新年特輯号の「編輯後記」には、次のように「死者の書」が紹介され、その注目の高さが窺える。

▽一月号の編輯を終つて第一に読者に報告したいことは、釋迢空氏がその処女小説「死者の書」を寄せてくれたことである。▽歌人としての釋迢空また国文学者としての折口信夫氏については世既に定評がある。▽この一流の歌人、また一流の国学者が王朝の時代に題材をとつてその蘊蓄と文才とを傾けてはじめて一編の創作をもつて更めて世に問ふ。▽文壇の快報これより大きなものがあらうか。けだし新春文壇第一のセンセイションだ。　(原文旧漢字)

表紙には、十三年十二月二十四日という京都帝国大学附属図書館の受け入れ印が押されている。奥付には、印刷納入が十二月二十一日と記されているから、少なくとも二十二日には作者の目にふれていたと言えよう。

初出版　死者の書

釋　迢空

校注・解説　內田賢德

*目次

端書

本書は、釋迢空著「死者の書」初出の版に校訂を加え、脚注と解説を付して編集したものである。

初出の版は、雑誌『日本評論』一九三九年一月号から三月号にかけて掲載された。知られるように、この版は、後の単行本版と構成が異なっており、著者の改編以降の出版はすべて単行本に拠っている。その中であえて初出の版をという理由は、この作品を理解する上で、著者の最初の構想に従って読んでみることが有益だと判断されるからである。同様の理由で、既に安藤礼二氏によって、初出の版が復刻されている。ただし、同書は本文を尊重するという立場から、本文の校訂は明らかな誤植にしか施されていない。「解説」に詳しく記すが、『日本評論』に掲載された文章は、ことに一月号分において誤植のみならず、衍字や原稿の誤読によるルビの誤りなどが頻出し、それは作品の正確な読解を妨げるほどである。多くの読者がこの初出の版を読むためには、これらに校訂を加え、さらに注と作品解説を要すると考える。こうした場合、作者の原稿が第一の資料となるが、それが保存されているという報告は、今のところ存在しない。作者による訂正を記した掲載部分を合冊した自装本が國學院大學折口博士記念古代研究所に所蔵されているが、訂正は最初の部分のみで、しかも訂正は既に推敲を含んでいる。最初のかたちというとき、この不備の多い『日本評論』版によるより他はない。

そこで、次のように校訂を行い、脚注と解説を付した。

凡例

一　冒頭に引用されている「穆天氏伝」の抜き書きについて、早稲田大学図書館蔵『穆天氏伝』電子版（1www.wul.waseda.ac.jp/kotenseki/html/bunko11）によって該当部分を参照し、それを私に作成した訓読文で掲出し、現代日本語訳を付した。雑誌掲載分についての校訂は省略した。

二　本文を校訂した箇所については、脚注にすべて原文を〈底〉の略号によって示し、誤植（「誤」と略記）、衍字など校訂理由を記した。

三　単行本版を参照する必要のある場合、校訂の行き届いた『折口信夫全集　27』（中央公論社一九九七年新版）を用い、〈全〉と注記した。

四　漢字表記は底本に従い、そのうち、常用漢字表に載る字体については、それに改めた。ただし、作者が特徴的に使用している俗字等については、底本のままとする。仮名遣は、底本の歴史的仮名遣に従い、誤りは改め、その旨を注記した。振り仮名については、底本のものはすべて記し、さらに右記全集版該当箇所に付されているものを（　）で囲って加えた。振り仮名で字音仮名の誤りは訂正し、その旨を注記した。また、振り仮名の付されていないものでも、読解のために必要と判断されるものについては、脚注に読みを示した。

五　原文の行取りで、行末で文が終わる場合、次の行が改行か連続かが判別できない例については、右記全集版を参照して判断した。

六　脚注に引用した文献は一部略記した。次にその一覧をあげる。
『日本評論』初出版「死者の書」（〈底〉）／國學院大學折口博士記念古代研究所蔵『死者の書』自装本（自装本）／『折口信夫全集　27』（中央公論社一九九七年新版）「死者の書」（〈全〉）／角川文庫『死者の書』注・補注（角川注）／『折口信夫全集　第四、五巻』（中央公論社一九六六年旧版）「口譯萬葉集」（口訳）／『折口信夫全集　第六巻』（一九六六年旧版）「萬葉集辞典」（万辞）／『万葉集』（巻数と歌番号で示す、本文表記が必要な場合〈　〉内に示した）／『古事記』（「記上巻」のように示し、歌謡は記歌謡41のように示す）／『日本書紀』（「持統紀六年八月」のように示し、よった訓の伝本名を示す。歌謡は紀歌謡97のように示す）『続日本紀』（「続紀」とし、年月を記し、詔は「詔」と追記する）『倭名類聚抄』（和名抄）／『観智院本類聚名義抄』（名義抄）／『日葡辞書』（日葡）／『和英語林集成』第三版（和英）

○参考文献（『折口信夫全集』以外で、本書に関する限りの文献をあげている）
折口信夫『死者の書』（池田弥三郎・関場武注　角川文庫　二〇一七年七月　初出一九七二年）
折口信夫『死者の書　身毒丸』（川村二郎解説　中公文庫　一九七四年五月）
折口信夫作『死者の書・口ぶえ』（安藤礼二注解・解説　岩波文庫　二〇一〇年五月）
安藤礼二編　折口信夫『初稿・死者の書』「解説　光の曼陀羅」（国書刊行会　二〇〇四年六月）

石内徹編『釋迢空『死者の書』作品論集成』ⅠⅡⅢ（大空社　一九九五年三月）
森山重雄『折口信夫「死者の書」の世界』（三一書房　一九九一年三月）
鈴木貞美『『死者の書』の謎─折口信夫とその時代』（作品社　二〇一七年十月）
芳賀日出男『写真で辿る折口信夫の古代』（角川文庫　二〇一七年十二月）
上野誠『折口信夫的思考　越境する民俗学者』（青土社　二〇一八年十一月）
前川明久『日本古代氏族と王権の研究』（法政大学出版局　一九八六年十二月）
栄原永遠男『天平の時代』（集英社版日本の歴史④　一九九一年九月）
東野治之他『平城京の謎』（奈良大学ブックレット〇一　ナカニシヤ出版　二〇一三年二月）
小野寛『大伴家持研究』（笠間書院　一九八〇年三月）
谷口孝介「宮廷文学と制度・歴史─折口信夫『死者の書』を視座として─（仁平道明編『王朝文学と東アジアの宮廷文学』竹林舎　二〇〇八年五月）
牧村史陽『大阪ことば事典』（講談社学術文庫　一九八四年十月）
水木直箭『随筆折口信夫』（角川書店　一九七三年十二月）※ここに収める「随筆『死者の書』」（一九七〇年の講演記録）は、『日本評論』一九四一年一月号掲載分を見て、最初の「穆天子伝」の引用の意味と冒頭の「鄭門」が分からなかったこと、単行本刊行によって初めて「鄭」が衍字であると知ったことなど、最初の読者の反応が記される。「穆天子伝」の引用部分について解読を試みたことも注意されてよい文献である。

死者の書

釋　迢空

戊寅、天子東し、澤中に狃す。寒に逢ひ疾す。天子澤中に舎す。盛姫病を告ぐ。天子之れを憐れみ、□澤を寒氏と曰ふ。盛姫飲を求む。天子人に命じて漿を取りて給ふ。是れを壺輲と曰ふ。天子西し、重璧の台に至る。盛姫病を告げて□（殁すカ）。天子之れを哀む。是れを哀次と曰ふ。天子乃ち盛姫を穀丘の廟に殯す。□壬寅、天子哭を命ず。……癸卯、大いに哭し。殤祀して載す。甲辰、天子南し、盛姫を楽池の南に葬す。天子乃ち盛姫の喪を命じ、皇后の葬法を視し、亦た諸侯に拝後せしめず。……甲申、天子北し、大北の隥に升り、降りて両栢の下に

《現代日本語訳》

戊寅の日、天子は東に行き、沢中を軽く見て留まった。しかし寒さに逢って病み、天子はその沢中に宿泊した。同行していた愛妃盛姫は、そこで病んでいることを告げた。天子はそれを憐れみ、□沢を寒氏と名づけた。盛姫は、何か飲み物をと求めた。天子は従う人に命じて、酸味のする飲料を取って与えた。そこでこれを壺輲という。天子は西に行き、重璧の台に至った。そこで盛姫はまた病んでいることを告げて亡くなった。天子はこれを哀れんだ。これを哀次という。そこで天子は、盛姫を穀丘の廟で殯した。□壬寅の日、天子は皆に命じて、声をあげて泣く礼、哭を手向けた。…中略…癸卯の日、盛大に哭をなし、いたみまつって、亡骸を棺車に載せた。次の日、甲辰の日、天子は南に行き、盛姫を楽池の南に埋葬した。天子はそうして盛姫の葬儀を命じ、皇后の葬法を詳しく調べそれに照らして、諸侯に拝礼させせなかった。……（中略）甲申の日、天子は北に向い、

休す。天子永念傷心し、乃ち淑人盛姫を思ひ、是に流涕す。七萃の士萋豫、上みて天子に諫して曰はく、「古より死有り生有り、豈に独り淑人のみならんや。天子楽しまず、永思に出づ。永思は益有れど、其の新を忘るるなかれ」と。天子之れを哀れみ、乃ち又流涕し、是の日に輟む。己未（衍字カ）。乙酉、天子西し、鈃隥を絶る。乃ち遂に西南す。戊子、盬に至る。己丑、天子南し、薄山窴軨の隥に登る。乃ち虞に宿る。庚申、天子南征す。吉日辛卯、天子南鄭に入る。

（□は、原文欠字部分）

穆天子伝（晉郭璞註　汪明際訂の本文による）

大北の坂に登り、降って二本の柏の樹の下で休んだ。天子は永く心に思い、傷心し、そして淑人と謚した盛姫のことを偲んで、涙を流した。仕える七人の集まりの一人の士萋豫が進み出て、天子に忠告してこう言った。「古より死もあれば生もあります。どうしてただ淑人一人のことでありましょうや。天子は心楽しまず、姫への悼みに終始しようとなさっています。それはよいことではありますが、新しい人もあることをお忘れになってはなりません」と。天子はこれを聞いていっそう哀れみを深くし、さらに涙を流したが、忠告を容れてこの日で悲しむことを終わりにした。己未（これは誤って入った字か）。明くる乙酉の日、天子は西に向かい、鈃隥を渡った。そしてさらに西南に向かった。三日後の戊子の日、盬に達した。明くる己丑の日には、天子は南に向かい、薄山窴軨の坂を登った。そして虞で宿泊した。庚申の日、天子は南に進んだ。吉日である辛卯の日に、天子は南鄭に入った。

読解に当たって、一部「穆天子伝」（『中国古典小説選1』竹田晃他訳　明治書院　二〇〇七年七月）を参照した。

一

門※1にはひると、俄かに松風が吹きあてるやうに響いた。

一町も先に、堂伽藍が固まつて見える。――そこまで、ずつと砂地である。白い地面に、広い葉が青いまゝでちらばつて居るのは、朴の葉だ。

まともに※2、寺を圧してつき立つてゐるのが、二上山（ふたかみやま）※3である。其真下に、涅槃仏（ねはんぶつ）のやうな姿に寝てゐるのが、麻呂子山だ。

其頂がやつと、講堂の屋の棟に乗つてゐるやうにしか見えない。

こんな事を、女の身で知つて居る訳はない。だが俊敏な此旅びとの胸には、其に似たほのかな綜合が出来あがつて居たに違ひない。暫らくの間、懐し※4さうに薄緑の山色を仰いで居る。其から赤色の激しく光る建て物へ、目を移して行つた。

此寺の落慶供養のあつたのは、つい四五日前（あと）※5であつた。まだ其日の喜ばしい騒ぎの響きが、どこかにする様に、麓の村びと等には感じられて居る程なのだ。山颪（おろし）に吹き暴（さら）されて、荒草深い山裾の斜面に、万法蔵院（まんほふざうゐん）※6のみ灯（あかし）の煽られて居たのに目馴れた人たちは、この幸福な転変に目を睜※7つて居るだらう。此郷近くに田荘（なりどころ）※8を持つて、奈良に数代住みついた豪族の一人も、あの日は帰つて来

1　門―〈底〉「鄭門」、「鄭」は衍字。↓解説一五二頁

2　まとも―正面。

3　二上山―〈底〉二山上―誤、ルビのみ「ふたかみやま」。

4　懐し―寄って行きたくなるという古代語の意味で使われている。〈全〉では、削除されている。

5　前（あと）―ふりかえってみた時点「ato no tsuki, last month あとの月、先月」（和英）。

6　万法蔵院（まんほふざうゐん）―〈底〉「万蔵法院（まんざうはふゐん）」―誤、以下同じ。「法」のルビ「はふ」とあるが、ここは漢音でなく呉音「ほふ」と振る。当麻寺の元の寺号。

て居た。此は天竺の狐の為わざではないか、其とも、此葛城郡に昔から残つてゐる幻術師（まぼろし）のする迷はしではないかと、廊を踏み鳴し、柱[※9]を叩いて見たりしたものである。

数年前の春の初め、野焼きの火が燃えのぼつて来て、唯一宇あつた堂が、忽痕もなくなつた[※10]。其でも、寺があつたとも思ひ出さぬほど、微かな昔であつた。以前もの知らぬ里の女などが、其堂の名に不審を持つた。当麻（たぎま）の村にありながら、山田寺（でら）と言つたからである。山の背の河内の国安宿部（あすかべ）郡（ごほり）の山田谷から移つて二百年、寂しい道場に過ぎなかつた。其でも一時は倶舎（くしや）の寺として、栄えたこともあつたと伝へて居る。

飛鳥の御世の、貴い御方[※11]が、此寺の本尊を夢に見られて、おん子を遣され、堂を修理し、僧坊が建てさせられて居た。追追、境内になる土地の縄張りの進んでゐる最中、その若い貴人が、急に亡くなられた。都からお使ひが見えて、其ほど因縁の深い土地だから、墓はそのまゝ其村に築くがよいとのことであつた。其お墓のあるのが、あの麻呂子山だと言ふ。其縁を引いて、其郷の山には、後にも貴人をお埋め申すやうな事が起つた。

だが、此は唯、此里の語りの姥（うば）の口に、さう伝へられてゐると言ふに過ぎないこ

7　睜（セイ）―読みは「みは（る）」。睜は元来伏し目にするの字義だが、中国の俗語で目をみはるの義に用いた。本作品ではミハル、ミヒラクに当てられている。

8　田荘（なりどころ）―〈底〉ルビ「ナクドマル」↓解説一五三頁。「なりどころ」は、私有の田地、またそれを経営するための施設を含む。「己卯に飛鳥皇女の田荘〈ナリトコロ〉に幸す」（持統紀六年八月　版本訓）。

9　柱―〈底〉「桂」誤。

10　唯一宇あつた堂が、忽痕もなくなつた―該当する記録はない。

11　貴い御方―用明天皇、「おん子」―麻呂子親王（当麻皇子）。

とであつた。纔(わづ)かに百年、其短い時間も文字に疎い生活には、さながら太古を考へると同じことである。

旅の若い女性(にようしやう)は、型摺りの美しい模様をおいた麻衣を著て居る。笠は浅い縁(へり)に、深い縹(はなだ)色の布が、うなじを隠すほどにさがつてゐる。

日は五月[※1]、空は梅雨(つゆ)あがりの爽やかな朝である。高原(かうげん)の寺は、人の住む所から、自(おのづか)ら遠く建つて居た。唯凡、百人の僧俗が、寺中(じ)に起き伏して居る。其すら、引き続く供養饗宴の疲れで今日はまだ、遅い朝を姿すら見せない。

女は、日を受けてひたすら輝く伽藍の廻りを残りなく歩いた。

寺の南境は、麻呂子山の裾から、東へ出てゐる長い崎が劃つて居た。其中腹と、東の鼻とに、西塔、東塔が立つて居る。丘陵の道をうねり乍ら登つた旅びとは、東塔の下に出た。

其でも薄霧のかゝつたやうに、雨の後の水気の立つて居た大和の野は、すつかり澄みきつた。[※2]

若昼(わかひる)のきら〳〵しい景色になつて居る。左手の目の下に集中して見える丘陵は、傍岡(かたをか)である。葛城川もほの〴〵と北へ流れて行く。平原の真中に旅笠を伏せたやうに見える遠い小山は[※3]、耳無(みゝなし)の山である。其右に高くつゝ立つてゐる深緑は

1　日は五月―郎女の出奔は春分の日で、ここの朝は次の日だから、五月は誤。自装本に訂正はないが、〈全〉では、「日は仲春、空は雨あがりの」と改められている。

2　澄みきつた。―自装本には、次行の「若昼」に続ける訂正が入っている。〈全〉「澄みきつた若昼」。

3　……見える遠い小山―〈底〉は「……見える。遠い」だが、文が整わない、誤。

畝傍山。更に遠く日を受けてきらつく池は、埴安(はにやす)の水ではないか。其側に平たい背を見せたのは、聞えた香具(かぐ)山なのだらう。旅の女は、山々の姿を辿つてゐる。香具山をあれだと考へた時、あの下が、若い父母(ちゝはゝ)の育つた、其から叔父叔母、又一族の人々の行き来したことのある藤原の里なのだ。

もう此上は見えぬと知れて居ても、ひとりでに爪先立てゝ伸び上る気持が出て来る。

香具山の南の裾に輝く瓦舎(かはらや)は、大官大寺(たいくわんだいじ)[※4]に違ひない。其から更にまつ直に、山と山との間に薄く霞んでゐるのが、飛鳥の村なのであらう。祖父も祖々父(ひぢゞ)も其父[※5]も皆あの辺りで生ひ立つたのだ。

この国の女に生れて、一足も女部屋(をんなべや)を出ないことを美徳として時代に居る身は、親の里も祖先の土も、まだ踏みも知らない。あの陽炎(かげらふ)の立つてゐる平原を、此足で隅から隅まで歩いて見たい。

かう彼女性(によしやう)は思つてゐる。だが其よりも大事なことは、此郎女(いらつめ)[※6]―貴女は、昨日の暮れ方、奈良の家を出て、こゝまで歩いて来てゐるのである。其も唯のひとりであつた。

家を出る時、瞬間心を掠めた――父[※7]が案じるだらうと言ふ考へも、もう気に

4　大官大寺(たいくわんだいじ)―大安寺の旧寺号の一つ。天武六年〈六七七〉から和銅三年〈七一〇〉まで明日香の地にあったが、平城京遷都を機に平城京左京に移された。しかし、この「旅の女」は、知識として明日香にあるものだと承知していたのだろう。「ほのかな綜合」の一環であろうか。

5　祖父も祖々父(ひぢゞ)も其父―まだここでは藤氏の娘であることは示されていないが、それぞれ、武智麻呂、不比等、鎌足にあたる。

6　郎女(いらつめ)―身分の高い家の娘の称、女郎とも書く。

7　父―豊成。

はかゝらなくなつて居る。乳母があわて求めるだらうと言ふ心が起つて来ても、却てほのかなこみあげ笑ひを誘ふ位の事になつてゐる。山はづつしりとおちつき、野はおだやかに畝つて居る。こゝに居て、何の物思ひがあらう。この貴い娘は、やがて後をふり向いて、山のなぞへ※1について首をあげ※2て行つた。

二上山。この山を仰ぐ時の言ひ知らぬ胸騒ぎ。藤原飛鳥の里々山々を眺めて覚えた、今の先の心とは、すつかり違つた懐しさ。旅の郎女は、脇目も触らず、山を仰いでゐる。さうして静かな思ひが、満悦に充ちて来るのを覚えた。昔びとは、確実な表現を知らぬ。だが謂はゞ——平野の里に感じた喜びは、過去生(くわこしやう)に対するものであり、今此山を臨み見ての驚きは未来(みらい)を思ふ心躍りであつたと謂へよう。塔はまだ厳重にやらひ※3を組んで人の立ち入りを禁(いまし)めてあつた。でも拘泥することを教へられて居ない姫は、何時の間にか塔の一重の欄干によりかゝつて居る自分に気がついた。

さうして、しみ〴〵と山に見入つて居る。山と自分とに繋(つなが)※4つてゐる深い交渉を、又くり返し考へはじめたのである。

1　なぞへ—「Nazoe na michi(なぞへな道) an inclined road　傾斜した道」(和英)。

2　をあげ—〈底〉「げあを」誤。

3　やらひ—「Yarai〈矢来〉ある場所を通らせないために作る垣」(日葡)。「—ひ」の語形は、「遣(や)らふ」(追い払う)の連用形名詞としてつかってあるため。

4　繫—〈底〉ルビ「いまし」誤。

5　奈良東城の右京二条第七坊—平城京の東側は左京、〈全〉でも「右京」となっている。七坊は東に突きだした外京に属し、また二条七坊は興福寺境内の北に位置する。そこに南家屋敷があるとは考えられない。〈全〉に「三条第三坊」と改めた方に蓋然性は高い。「武智麻呂伝」(藤氏家伝下)に、武智麻呂が左京私第で薨じたとある。後出の仲麻呂の田村第が、左京四条二坊に推定されているが、

郎女の家は、奈良東城の右京二条第七坊[※5]にある。祖父武智麻呂(おほぢむちまろ)の亡くなつて後[※6]、父が移り住んでからも、大分の年になる。父は横佩(よこはき)の大(だい)将(しやう)[※7]と謂はれる程、一ふりの大刀のさげ方にも、工夫を凝らさずには居られぬだて者(もの)であつた。なみの人の竪にさげて佩く大刀を横に吊る佩き方を案出した人である。新しい奈良の都の住民は、まだかうした官吏としての豪華な服装を趣向(この)むまでに到つて居ない頃、若い姫の父は、近代の時装に思ひを凝して居た。古い留学生や、新来(いまき)[※8]の帰化僧などを訪問して尋ねることも張文成などの新作の物語[※9]などは、問題にはして居なかつた。
さうした闊達なやまとごゝろを赴くまゝに伸して居る間に、才(ざえ)[※10]優れた族人(うからびと)が、彼を乗り越しかけて居た。姫には叔父、彼―豊成にはさしつぎの弟仲麻呂[※11]である。

そこの近傍に想定するのは妥当である。↓解説一五六頁

6　祖父武智麻呂の亡くなつて―　天平九年〈七三七〉七月薨。

7　横佩(よこはき)の大将(だいしやう)―　『尊卑分脈』に「豊成、横佩の大臣、難波の大臣」とある。『書言字考節用集』に、「横刀　ヨコバキ」とあり、ヨコハキは横に佩く太刀のことを言ったようである。おそらく豊成は、高官となって、常時の佩刀は必要なくなっても着けていたのでこう呼ばれたか。皆が縦に吊していたということは確認されない。

8　新来―イマキは、古代、新たに渡来した人をいう。「百済の貢(たてまつ)れる今来(いまき)の才伎(てひと)」（雄略紀七年前田本訓）。

9　張文成などの新作の物語―『遊仙窟』をさす。『遊仙窟』は、張鷟〈字は文成〉作の唐代の伝奇小説。文成が河源に使命を奉じて赴き、たまたま訪れた仙窟で、美しい姉妹の款待を受け、妹の十娘と一夜の契りを結ぶ物語。中国では早く散逸したが、日本では長く伝えられ、和歌や物語に大きな影響を与えた。七〇四年帰国した遣唐使一行が持ち帰ったと考えられ、中でも遣唐少録であった山上憶良は「沈痾自哀文」に「遊仙窟に云く」と一節を引用している。作者張鷟は、憶良在唐期間には生存していたと見られる。

10　才(ざえ)―〈底〉ルビ「さえ」誤。

11　仲麻呂―藤原仲麻呂（続紀名「仲満」）、南家武智麻呂の次男。「武智麻呂伝」に、豊成、仲麻呂の兄弟について「皆才学ありて、名聞衆を蓋(おほ)ひたり」とある。天平九年〈七三七〉藤原四家の初代が相次いで疫病で歿して後、朝廷内で勢力を強くしていった。↓解説一六一頁

その父君も、今は筑紫に居る[※1]。家族の半以上は、大宰帥(だざいのそつ)[※2]のはな〴〵しい生活の装ひとして連れて行つてしまつた。奈良の家は、とりわけ寂しくなつて居る。

宮廷から賜つて居る傔従(とねり)[※3]は、大貴族の家々の門地の高さを示すものとして、美々しく著飾らして出入させたものだが、其すら大宰府へついて行つてしまつた。

寂かな屋敷には物音も聞えて来る時すら多かつた[※4]。この家の女部屋は、日あたりに疎い北の屋の西側に小さな蔀戸(しとみど)[※5]があつて、其をつきあげると、方一間位な廰になるやうに出来てゐる。さうして其内側には夏冬なしに簾が垂れてあつて、外からの隙見を防いだ。

さうして其外(そと)は、広い家の外廊になつて居て、大炊殿(おほひどの)[※6]もあれば、火焼(ひた)き屋[※7]なども、下人の住

1　その父君も、今は筑紫に居る—豊成は、奈良麻呂の変の後、右大臣としての事後処理の不手際を問われて、天平宝字元年〈七五七〉大宰員外帥に左降されたが、実際は難波の私邸に病と称して留まっていた。〈全〉では、ここの該当部分の次に「尠くとも、姫などは、さう信じて居た」という一文が加えられ、訂正されている。↓解説一五九頁

2　大宰帥—〈底〉「太宰帥」、「太宰」は古代「大宰」と表記していたので改める。以下同じ。「帥」は呉音ソツ、ソチは慣用音。

3　傔従(とねり)—〈全〉「資人(トネリ)・傔杖(タチ)」。資人は一般的な使人で、傔杖は護衛に当たる。資人は、右大臣の場合二百人が給されたが、解任後は正二位として八十人に減員となったと推定される。資人は主の没後も一年間は喪に服するが、全員ではあるまい。不比等の没後、山部赤人の歌から屋敷の管理などのために資人が残されていたことが推測される。傔杖は大宰員外帥の場合、三人が給されたか。

4　時すら多かつた—ここは校訂していないが、この〈底〉のままでは意味が通らない。「—なかつた」とも考えられるが、〈全〉の「響く物音もない時が多かつた」からすると「多かつた」が元原稿にあったとすべきだろう。自装本訂正は、「寂かな屋敷には（響く）物音も聞えて(トル)（ない）時すら多かつた」とあるが、これでも「すら多かつた」が不適当となる。

5　蔀戸(しとみど)—「しとみ」は、もと「蔀　周礼（周易の誤）云、蔀、之度美、覆暖障レ光也」（和名抄）のように、暖をとり、光をさえぎる家具であった。平安時代のようなはねあげ式のしとみが奈良時代にあったかどうかは不明。

ひに近い処に立つてゐる。苑（その）と言はれる菜畠やちよつとした果樹園らしいものが、女部屋の窓から見える唯一の風景であつた。

武智麻呂時代から、此屋敷のことを、世間では、南家※8と呼び慣はして来てゐる。此頃になつて、仲麻呂の威勢が高まつて来たので、何となく其古い通称は人の口から薄れて、其に替る称へが行はれ出したのである。二条七坊※9をすつかり占めた大屋敷を、一垣内（ひとかきつ）※10――一字（ひとあざ）と見做して、横佩墻内（よこはきかきつ）と言ふ者が著しく殖えて来たのである。

大宰府からは、この頃久しく音づれがなかつた。其でも、半年目に都へ戻つて来た家の子は、一車（ひとくるま）に積み余るほどな家づとを、家の貴公子たち殊に、姫にと言つて持ち還つて来た。

山国の狭い平野に、一代々都遷しがあつた長い歴史の後、こゝ数十年やつと一つ処に落ちついた奈良の都は、其でもまだ、なか〳〵整ふまでにはなつて居なかつた。

官庁や、大寺が、によつきり立つてゐる外は、貴族の屋敷が、処々むやみに面積を拡げて、板屋や瓦屋が交（まじ）り〳〵に続いてゐる。其外は、広い水田と、畠と、荒蕪地の間に、庶民の家が、ちらばつて見えるだけであつた。兎や、狐が大路小路

6　大炊殿（おほひどの）―飯を炊くところ。〈底〉ルビ「ひ」を「い」に誤る。

7　火焼（ひた）き屋―火を焚いて夜の警護に当たる衛士の詰所。「助鋪　弁成立成云、助鋪、和名比多岐夜、如二衛士屋一」（和名抄）。

8　南家―左京内の北側に位置した房前邸を北家、南側に位置した武智麻呂邸を南家と称した。

9　二条七坊―〈底〉「二京七坊」誤。自装本に「京（條）」と訂正される。〈全〉「三条三坊」。

10　一垣内（ひとかきつ）―カキツは、万葉集に「我が背子が古き垣内〈可吉都〉の桜花」（18・四〇七七）とみえる。

を駆け廻る様なことは、あたり前である。つい此頃も、朱雀大路（しゆじやくおほぢ）※1の植ゑ木の梢を、夜になると、鼯鼠（むさゝび）※2が飛び歩くと言ふので、一騒ぎしてゐた。横佩家の郎女（いらつめ）が、称讃浄土仏摂受経（しようさんじやうどぶつせふじゆきやう）※3を写しはじめたのも、其頃からであつた。父の心づくしの贈り物の中で、一番郎女の心を明るくしたのは、此新訳の阿弥陀経一巻（いちくわん）であつた。

※4この山の都よりも、大宰府は開けてゐた。大陸の新しい文物は、皆一度は、この遠（とほ）の宮廷領（みかど）※5を通過するのであつた。唐から渡つた珍品などは、大宰府ぎりで、都へは出て来ないものが、なか〳〵多かつた。

学問や芸術の味ひを知り初めた志の深い人たちは、だから大唐までは行けずとも、せめて大宰府だけへはと、筑紫下りを念願にして居る位である。南家（なんけ）の郎女（いらつめ）の手に入つた称讃浄土経も、大和一国

1　朱雀大路（しゆじやくおほぢ）―羅城門から平城宮朱雀門に至る平城京の大路。路面幅六七・三メートルで、三八〇〇メートルの長さがある。通行だけでなく催しなども行われたかと推測される。スザク、シュジャク、スジャクのよみがある。折口は一貫してシュジャクとする。

2　鼯鼠―万葉集に、「ムザサビ〈武射佐毗〉」（6・一〇二八）「ムササビ〈武左佐妣〉」（7・一三六七）両方の表記がある。「鼯鼠　ムササビ」（名義抄）。ここは一〇二八歌の場面に似る。

3　称讃浄土仏摂受経（しようさんじやうどぶつせふじゆきやう）―〈底〉「讃称（さんしよう）」誤。また「仏」を欠く。正式の名称であげる。六行後の「称讃浄土経」（〈底〉「讃称」誤）の略称が、『続紀』天平宝字四年七月二十六日の記事にみえる他、中将姫伝説を記す『私聚百因縁集』「当麻曼陀羅事」「当麻曼荼羅縁起」にもその略称で記されている。「新訳の阿弥陀経一巻（いちくわん）」とは、唐の玄奘三蔵訳（AD.650）の阿弥陀経で「称讃浄土仏摂受経」が正式名称。浄土のありさまや阿弥陀の徳を称えて、一心に念仏することを説く。

4　〈底〉一字下げ、誤。

5　遠（とほ）の宮廷領（みかど）―遠の朝廷は、一般に京から遠い官府をいうが、大宰府に特定する用法もある。

の大寺（おほてら）※6と言ふ大寺に、まだ一部も蔵せられて居ないものである。

姫は、蔀戸（しとみど）近くに、時としては机を立てゝ写経をしてゐることもあつた。夜も、侍女たちを寝静らしてから、油火（あぶらび）の下で、一心不乱に書き写して居た。

百部は、夙くに写し果した。今は千部手写の発願をして居る。冬は春になり、夏山と繁つた春日山も、既に黄葉（もみち）※7して、其がもう散りはじめた。蟋蟀は昼も鳴くやうになつた。佐保川※8の水を引き入れた庭の池には、遣（や）り水伝ひに、川千鳥の啼く日すら続くやうになつた。

今朝も、何処からか、鴛鴦の夫婦鳥（つまどり）※9が来て浮んで居ます、と童女（わらはめ）が告げに来た位である。

五百部を越えた頃から、姫の身は目立つてやつれて来た。ほんの纔かの眠りを摂（と）る間も、ものに驚いて覚める様になつた。其でも、八百部の声を聞く時分になると、衰へたなりに、健康は定まつて来たやうに見えた。やゝ蒼みを帯びた皮膚に少し細つて見える髪が、愈黒く映え出した。

八百八十部、九百部。郎女は侍女にすら、ものを言ふことを嫌ふやうになつた。さうして、昼すら何か夢見るやうな、うつとりとした目つきをして、蔀戸（しとみど）ごしに西の空を見入つて居ることが、皆の注意にのぼる様になつた。

6　〈底〉「寺」活字転倒。

7　〈底〉ルビ「もみぢ」上代、語末のチは濁らなかった。

8　佐保川—南家邸が、「奈良東城の二条第七坊」〈底〉「三条第三坊」〈全〉どちらにあるにせよ、佐保川は左京を流れているから、池に水を引くのは可能だが、ここでも〈全〉の方がそれらしい位置を占める。佐保川の千鳥は万葉集に散見する。

9　夫婦鳥（つまどり）—ツマドリは番の鳥の一方を指すが、ここは番の二羽を意味させている。

実際九百部を過ぎてから、進みは一向、はかどらなくなつた。二十部、三十部、五十部、心ある女たちは、文字の見えない自身たちのふがひなさを悲しんだ。郎女の苦しみを、幾分でも分担することが出来ように、と思ふからである。

南家の郎女が、宮から召されることになるだらうと言ふ噂が、京・洛外に拡つたのも、其頃である。屋敷中の人々は、身近く事(つか)へる人たちから、垣内(かきつ)の隅に住む奴隷(やつこ)・婢奴(めやつこ)※1の末にまで、顔を輝(かゞやか)して、此とり沙汰を迎へた。でも、姫には、誰一人其を聞かせる者がなかつた。其ほど、此頃の姫は気むづかしく、外目(よそめ)に見えてゐるのである。

千部手写の望みは、さうした大願から立てられたものだらうと言ふ者もあつた。そして誰も、其を否む者はなかつた。

南家の姫の美しい膚は益透きとほり、潤んだ目は、愈大きく黒々と見えた。さうして、時々声に出して誦(じゆ)する経文(もん)が、物の音(ね)に譬へやうもなく、さやかに人の耳に響いた。聞く人自身の耳を疑ふばかりだつた。

去年の春分の日の事であつた。入り日の光りをまともに受けて、姫は正座して、西に向つて居た。日は此屋敷からは、稍坤(ひつじさる)によつた山の端(は)に沈むのである。西空の棚雲の紫に輝く上で、落日(らくじつ)は俄かに転(くるめ)き出した。その速さ。雲は炎になつた。

1　奴隷(やつこ)・婢奴(めやつこ)—古代の隷属民の男女、ただし家族を成すのではない。

日は黄金(わうごん)の丸(まるがせ)になつて、その音も聞えるかと思ふほど鋭く廻つた。雲の底から立ち昇る青い光りの風――、姫は、ぢつと見つめて居た。やがて、すべての光りは薄れて、雲は霽れた。夕闇の上に、目を疑ふほど鮮やかに見えた山の姿。二上山である。その二つの峰の間※2に、あり〳〵と荘厳(しやうごん)な人の俤が、瞬間顕れて消えた。後(あと)は真暗な闇の空である。山の端(は)も、雲も何もない方に、目を凝(こら)して、姫は何時までも端座して居た。

姫の心は、其時から愈澄んだ。併し、極めて寂しくなり勝(まさ)つて行くばかりである。ゆくりない日が、半年の後に再来て、姫の心を無上(むしやう)の歓喜に引き立てた。其は秋彼岸の中日(ちゆうにち)、秋分の夕方であつた。姫は曾ての春の日のやうに坐してゐた。朝から、姫の白い額は、故もなくひよめいた。長い日の後(のち)である。二上山の峰を包む雲の上に、中秋の日の爛熟した光りが、くるめき出したのである。雲は火となり、日はまるがせとなり、青い響きの吹雪を吹き捲く風。雲がきれ、光りのしづまつた山の端は、細く金の外輪を靡かして居た。其時峰の間に、あり〳〵と浮き出た髪、頭、肩、胸――。

姫は又、あの俤を見ることを得たのである。南家の郎女(いらつめ)の幸福な噂が、春風に乗つて来たのは、次の春である。姫は別様の心躍りを、一月も前から感じて居た。

2　二つの峰の間―二上山の雄岳（北側）と雌岳（南側）の山あい。平城京の南家から見て、春分の日に陽が坤の方角（西南）に沈むことは、実際にはありえない。↓解説一六五頁

さうして日を数(と)り初めて、ちようど今日と言ふ日。彼岸中日、春分(しゆんぶん)の空が朝から晴れて、雲雀は天に翔り過ぎて帰らないほど、青雲が深々とたなびいて居た。郎女は、九百九十九部を写し果して、千部目にとりついて居た。

日一日、のどかな温い春であつた。経巻の最後の行、最後の字を書きあげて、ほつと息をついた。あたりは俄かに、薄暗くなつて居る。目をあげて見る蔀窓(しとみど)の外には、雨がしと〳〵と落ちて居るではないか。姫は立つて手づから簾をあげて見た。雨。

※1苑の青菜が濡れ、土が黒ずみ、やがては瓦屋にも音が立つて来た。

姫は立つても坐(すわ)つて※2も居られぬ焦燥に煩え※3た。併し日は益々暗くなり、夕暮れに次いで、夜が来た。

茫然として、姫はすわつて居る。人声も、雨音も、荒れ模様に加(くはこ)つて来た風の響きも、もう姫は聞かなかつた。

二

南家の郎※4女が神隠(かみかく)し※5に遭つたのは、其夜であつた。家人は、翌朝空が霽れ、

---

1 〈底〉一字下げ、誤。
2 〈底〉「つ」脱。
3 煩え―読みは「もだえ」、終止形は「もだゆ」。

二

4 〈底〉「即」誤。
5 神隠(かみかく)し―人が急に行方不明に

山々がなごりなく見えわたる時まで、気がつかなかつたのである。横佩墻内に住む者は、男も女も、上の空になつて、京中京外を馳せ求めた。さうした奔り人※6の多く見出される場処と場処とは、残りなく捜された。春日山の奥へ入つたものは、伊賀境までも踏み込んだ。高円山の墓原も佐紀山の雑木原も、又は、南は山村、北は奈良山。馳せ廻つて還る者も〳〵、皆空足※7を踏んで来た。

姫は何処をどう歩いたか、覚えがない。唯、家を出て西へ〳〵と辿つて来た。降り募※8るあらしが、姫の衣を濡した。姫は誰にも教はらないで、裾を脛※9まであげた。風は姫の髪を吹き乱した。姫は、髻をとり束ねて、襟から着物の中に、くゝり入れた。夜中になつて雨風が止み、星空が出た。姫の行くてに、二つの峰の並んだ山の立ち姿がはつきりと立つて居た。毛孔の竪つやうな畏しい声を、度々聞いた。ある時は、鳥の音であつた。其後、頻りなく断続したのは、山の獣の叫び声であつた。大和の内も、都に遠い広瀬葛城※10あたりには、人居などは、ほんの忘れ残りのやうに、山陰などにあるだけで、後は曠野と、本村を遠く離れた田居ばかりである。

片破れ月が出て来た。其が却てあるいてゐる道の辺の凄さを照し出した。其でも、星明りで辿つて居るよりは、よるべを生じて、足が先へ〳〵と出た。月が中天へ

なることを、神のしわざとしていう語。

6 奔り人―行方をくらました人、家出人をいう近世語。

7 〈底〉「足」にルビ「から」、誤。

8 〈底〉「暮」誤。

9 脛―今でいうすね。「胻 説文云、波岐、脛也」（和名抄）、「右足波岐疵」（正倉院文書）。

10 〈底〉「舊城」誤。

来ない前に、もう東の空がひいはり※1白(しら)んで来た。

夜のほの〴〵明けに、姫は目を疑ふばかりの現実に出くはした。

横佩家の侍女たちは、何時も夜の起きぬけに、一等最初に目撃した物事で、日のよしあしを占うて居るやうだつた。さうした女らのふるまひに、特別に気を牽かれなかつた郎女だけれど、よく其人々が、「今日の朝目(あさめ)※2がよかつたから」「何と言ふ情ない朝目だ」などゝ、そは〳〵と興奮したり、むやみに塞ぎこんだりして居るのを見聞きしてゐた。
※3郎女は、生れてはじめて「朝目よく」と謂つた語を内容深く感※4じたことである。目の前に、赤々と丹塗(にぬ)りに照り輝いて、朝日を反射して居るのは、寺の大門ではないか。さうして、門をとほして、第二の門が見えて、此もおなじ丹塗りに※5きらめいて居る。
山裾の勾配に建てられた堂、塔、伽藍は、更に奥に、朱(あけ)に、青に、金色に光りの靄を幾重にも重ねて見渡された。朝日のすがしさは、其ばかりではなかつた。其寂寞たる光りの海の中から、高く抽(ぬき)でゝ見えるのは、二上山であつた。

淡海公(たんかい)※6の孫、大織冠(たいしよくくわん)※7の曾孫藤氏南家(とうしなんけ)※8の族長(ぞくちやう)※9、大宰帥※10豊成、其第一嬢(だいいちぢやう)

---

1 ひいはり―たわんで曲がっているさま。近世の用例の仮名は「ひいわり」。
2 朝目―〈底〉「朝日」誤、以下二例とも同。古事記中巻に、「故、阿佐米余玖、汝取り持ちて天神御子に献れ」という神の指示によって、高倉下が神武に剣を献上する場面にあるのが古代語の唯一例。「朝目よく」と解したのは近世の俗説だが、古事記のその箇所に「阿より下五字、音を以てせよ」という注があるのは、分かりやすい訓字「朝目よく」でないからと見る説もある。
3 〈底〉一字下げ、誤。
4 〈底〉「成」誤。
5 〈底〉「のに」、「の」衍字。
6 淡海公―藤原不比等。
7 大職冠―藤原鎌足。
8 藤氏南家―不比等の四人の息子、武智麻呂、房前、麻呂、宇合によって樹てられた藤原四家のう

子なる姫である。屋敷から一歩はおろか、女部屋から膝行り出ることすら、たまさかにもせない※11郎女のことだ。順道※12なれば、今頃は既に、藤原の氏神河内の枚岡の御神※13か、春日の御社※14に仕へてゐるはず※15である。家に居ても、男を寄せず、耳に男の声も聞かず、男の目を避けて、仄暗い女部屋に起き伏しゝてゐる人である。世間の事は、何一つ聞き知りも、見知りもせぬやうに育てられて来た。

寺と言ふ物が、奈良の内外にも幾つとあつて、横佩墻内と讃へられてゐる屋敷よりも、もつと広大なものだとは聞いて居た。さうでなくても、経文の上に見る浄土の荘厳※16をうつした其建て物の様には、想像しないではなかつた。だが目のあたり見る尊さは讃歎の声すら立たなかつた。

之に似た驚きの経験を、曾て一度したことがあつ

ち、武智麻呂の家を、房前の邸宅に対して南側に位置することから南家と称した。他は、房前―北家、麻呂―京家、宇合―式家と称する。

9　族長―〈全〉「藤氏族長太宰帥、南家の豊成」。ここでは氏上を指す。氏上は氏全体の氏人を率い、氏神の祭祀を行った。不比等没後武智麻呂が藤氏全体の氏上を継承し、豊成に引き継がれた。族長という称は、制度としての氏の成立以前に一族を支配した者について用いられるのが通例。一〇八頁脚注2参照。

10　大宰帥―〈底〉「大宰、帥」読点誤。なお豊成は実際は員外帥であった（一八頁脚注1参照）。

11　せない―「しない」の「し」を「シェ」と発音するのは大阪ことば。

12　道―〈底〉「道」のルビ「たう」誤。

13　枚岡の御神―藤氏の祖天児屋根命と比売神を祭神とする藤氏の氏神（それぞれの氏の祖先神）。現在の東大阪市の枚岡神社。

14　春日の御社―同じく藤原氏の氏神社。平城京遷都直後、鹿島神宮の建御雷神、香取神宮の伊波比主神、枚岡神社の天児屋根神と比売神を祀る。神護景雲二年〈七六八〉社殿創建と伝えられるから、この物語の設定時期、天平宝字年間には祭壇のみであったことになる。

15　仕へてゐるはず―春日大社に、伊勢斎宮にならって、藤氏未婚の女子が斎女として奉仕することとは、貞観年間（九世紀後半）に降る。↓解説一六八頁

16　〈底〉「荘」のルビ「じやう」誤。

た。姫は今其を思ひ起して居る。簡素と豪奢との違ひこそあれ、歓喜に撲たれた心地は印象深く残つてゐる。

今の※1太上天皇様※2がまだ宮廷※3の御あるじで居させられた頃、八歳(はつさい)の南家の郎女(いらつめ)は、童女(わらはめ)として、初(はつ)の殿上(てんじやう)※4をした。穆々(ぼくぼく)たる宮の内の明りは、ほのかな香気を含んで流れて居た。昼すら真夜(まよ)に等しい御帳台(みちやうだい)のあたりにも、尊いみ声は昭々(せうせう)と珠を揺る如く響いた。物わきまへもない筈の八歳の童女は感泣した。『南家には、惜しい子が、娘となつて生れたことよ』と仰せられたと言ふ畏れ多い風聞が、暫らく貴族たちの間にくり返された。

其後十二年、南家の娘は二十(はたち)になつてゐる。幼いからの聡(さと)さにかはりはなくて、玉・※5水精(すゐしやう)の美しさが加つて来たとの噂が年一年と高まつて来る。

姫は大門の閾(しきみ)※6を越えながら、童女殿上(わらはめてんじやう)の昔の畏(かしこ)さを追想して居た。長いいしき道※7を踏んで、二の門に届いた時も、誰一人出あふ者がなかつた。恐れを知らず育てられた大貴族の郎女は、虔(つゝま)しく併しのどかに、御堂々々の御仏を礼んで、東塔の岡に来たのであつた。

こゝからは、北の平野は見えない。見えたところで、郎女は奈良の家を考へ浮べることもしなかつたであらう。まして、家人たちが、神隠しに遭つた姫を探しあ

1　闕字―文中に天皇などの称号があるとき、その上を一字分か二字分空白にする書式が取られている。〈全〉では取られていない。

2　太上天皇―聖武太上天皇は天平勝宝八歳〈七五六〉に崩じているが、南家郎女が十二年前の八歳で初の殿上をしたときに在位していたのは聖武天皇ということになるから、崩を数年ずらして扱っていることになる。

3　廷―〈底〉「延」誤。

4　殿(てん)―〈底〉「殿」のルビ「でん」誤。

5　〈底〉中グロ点ナシ、〈全〉によって補入。

6　大門の閾(しきみ)―万法蔵院の大門にある横木。境内と外部を仕切る。シキミは鴨居との対応からシキヰの形に変化した。「閾　兼名苑云、閫一名閾、之岐美、俗云、度之岐美」(和名抄)、「梱(トシキミ)」(推古紀十二年九月　岩崎本訓)。

7　いしき道―石を敷いた道。

ぐねて居ようなどゝは、思ひもよらなかつたのである。唯うつとりと、塔の下（もと）から仰ぎ見る二上山の山肌に、現（うつ）し世（よ）の目からは見えぬ姿を見ようとして居るのであらう。

此時分になつて、寺では、人の動きが繁くなり出した。晨朝（じんてう）の勤めをすまして、うと〱して居た僧たちも、爽やかな朝の眼を睜いて、食堂（じきだう）へ降りて行つた。奴（ぬ）婢（ひ）※8は其に持ち場〱の掃除を励む為に、洗つたやうになつた境内に出て来た。

そこに御座るのは、どなたやな。※9

岡の蔭から、恐る〱頭をさし出して問うた一人の婢子（めやつこ）※10は、あるべからざる事を見た様に、自分自身を咎めるやうな声をかけた。女の身として、此岡へ上る事は出来なかつたのである。姫は答へようとせなかつた。又答へようとしても、かう言ふ時に使ふ語には馴れて居ない人であつた。若し又、適当な語を知つて居たにしたところで、今は、そんな事に考へを紊されてはならない時だつたのである。

姫は唯、山を見てゐる。山の底にある俤を観じ入つてゐるのである。

娘奴（めやつこ）※11は二言（こと）と問ひかけなかつた。一晩のさすらひでやつれて居ても、服装から見てすぐ、どうした身分の人か位の判断はついたのである。

8　奴婢（ぬひ）―〈底〉「奴娘」誤。

9　句点―〈底〉ナシ。以下同様に発言箇所等に句点を付す。〈底〉は句点の有無不定。

10　婢子（めやつこ）―〈全〉「寺奴（ヤツコ）」、女人禁制の場だから改めたのであろう。後段に「女性（によしやう）には、一人も逢つて居ない」とある（三五頁）こととも合わない。

11　娘奴（めやつこ）―注10に同じ。

又暫らくして、四五人の跫音が、べた〳〵と岡へ上つて来た。今度は娘奴は姿を表さなかつた。年のいつたのや、若い僧が、ばら〳〵と走つて、塔の結界の外まで来た。

こゝまで出て御座れ。そこは、男でも這入るところではない。女人(にょにん)は、とつとゝ岡を降ることだ。

姫はやつと気がついた。さうして、人とあらそはぬ癖をつけられた貴族の家の子は、重い足を引きながら、結界の垣の傍まで来た。

見れば、奈良の方さうな[1]が、どうしてそんな処に入らつしやる。

どうして、之な処までお出でだ。

お供すら連れないで。

口々に問うた。男たちは咎める口とは別に、心ではめい〳〵、貴い女性をいたはる気持ちになつて居た。

二上山に逢ひに……。そして今、山の頭をつく〳〵見て居た……。

此頃の貴族の家庭の語と、凡下(ぼんげ)の人の語とはすつかり変つて居た。だから言ひ方も、感じ方も、其に語其ものすらも、郎女[2]の語が、そつくり寺の所化[3]などには、通じやうがなかつた。

1　奈良の方さうな―名詞にサウダが続く用法が中世に見られる。「Funedesô ni gozaru 船出(ふなで)さうにござる」（日葡）。

2　郎女―〈底〉「郎女め」「め」衍字。

3　所化―僧侶の弟子。

でも其でよかつたのである。其でなくて、語の内容が其まゝ受けとられようものなら、南家の姫は、即座に気のふれた女と思はれてしまつたであらう。

それで、御館(みたち)はどこやな。

みたち……。

おうちは……。

おうち……。

おやかたはと言ふのだよ。

をゝ。私の家。左京[※4]藤原南家……。

俄然として、群集の上にざはめきが起つた。四五人だつたのに、後から〳〵登つて来た僧たちが加つて、二十人以上にもなつて居る。其が、口々に喋り出したのである。

ようべの嵐に、まだ残りがあつたと見えて、日の明るく照つて居る此小昼(こびる)[※5]に、又風がざはつき出した。此の岡の崎にも、見おろす谷にも、其から二上山へかけての屋根(をね)々々にも、ちらほら白く見えて、花の木がゆすれて居る。小桜の花が咲き出したのである。

此時分になつて、奈良の家では、誰となく、こんな事を考へはじめた。此は、き

---

4 左京―〈底〉「右京」誤。〈全〉も「右京」だから、これは誤植でなく原稿の誤り。↓解説一五六頁

5 小昼―正午に近い時間帯。

つと里方の女たちがよくする春の野遊び※1に出られたのだ。何時からとも知らぬ習(なら)はしである。田舎人たちは、春秋の日夜平分(へいぶん)する頂上の日には、一日、日の影を逐※2うて歩く風が行はれて居た。どこまでも〳〵野の限り、山も越え、海の渚まで日を送つて※3行つた女すら、段々あつた。さうして夜はくた〳〵になつて家路を戻る。此為来りを何時となく女たちの咄すのを聞いて、姫が女の行(ぎやう)として、此の野遊びをする気になられたのだ、と思つたのである。かう言ふ考へに落ちつくと、皆の心が一時ほうと軽くなつた。

ところが、其日も昼さがりになり、段々夕かげが催して来る時刻が来た。昨日は駄目になつた日の入りの景色が、今日は其にも劣るまいと思はれる華やかさで輝いた。横佩家の人々の心は、再重くなつて来た。

三

万法蔵院※4の北の山陰に、昔から小さな庵室があつた。昔からと言ふのは、貴人がすべて、さう信じて居たのである。荒廃すれば繕※5ひ〳〵して、人は住まぬ宿に、孔雀明王像が据ゑてあつた。当麻(たぎま)の村人の中には、稀に此が山田寺であ

---

1 春の野遊び―折口信夫「山越しの阿弥陀像の画因」（一九四四）に、若い娘たちが春山野を巡る風習について述べられている。「菜の花桃の花のちら〳〵する野山を廻った」。

2 逐―〈底〉「遂」、誤。

3 送って―〈底〉「て」脱。

三

4 万法蔵院―〈底〉「萬藏法院」、誤。以下同。

5 繕―〈底〉「膳」誤、〈全〉「繕」。

ると言ふものもあつた。さう言ふ人の伝へでは、万法蔵院は、山田寺の荒れて後、飛鳥の宮の仰せを受けてとも言ひ、又御自身の発起(ほつき)からだとも言ふが、一人の尊いみ子が、昔の地を占めにお出でになつて、大伽藍を建てさせられた。其際、山田寺の旧蹟を残す為に寺の四至の中の北の隅に、当時立ち朽れになつて居た庵室に手入れをして移されたのだと言ふのである。

さう言えば、山田寺は、役(え)ノ君(きみ)「小角(をづぬ)」※6が山林仏教を創める最初の足代(あししろ)※7になつた処だと言ふ伝へが、吉野や、葛城の修験(しゆげん)の間にも言はれてゐた。何しろさうした大伽藍が焼けて百年、荒野の道場となつて居た目と鼻との間に、之な※8古い建て物が残つて居たと言ふのも、不思議なことである。

夜はもう更けて居た。谷川の激(たぎ)ちの音が、段々高まつて来る。二上山の二つの峰の間から流れ取る水なのだ。

盧の中は、暗かつた。炉を焚くことの少い此地方では、地下(ぢげ)の百姓は夜は真暗な中で、寝たり坐つたりしてゐるのだ。でもこゝには、本尊が祀つてあつた。夜を守つて、仏の前で起き明す為には、御灯(みあかし)を照した。

孔雀明王の姿が、あるか無いかの程に、ちろめく光りである。

姫は寝ることを忘れたやうに坐つて居た。万法蔵院の上座の僧綱たちの考へでは、

6　役(え)ノ君(きみ)「小角(をづぬ)」— 修験道行者、いわゆる役の小角の説話は『日本霊異記』に見られるが、万法蔵院が河内国から大和国葛城に移されたという伝承を記す『私聚百因縁集』「当麻曼陀羅事」に、元は禅林寺という名で、役行者の建立であるということがみえる。それに基づいて、役行者の最初の足代という伝承が想定されている。

7　足代(あししろ)—「Axixiro 足場、Axiba Teqiga axibauo toru 敵の陣を取る」(日葡)。

8　之な—読みは「こんな」。

まず奈良へ使ひを出さねばならない。横佩家(よこはきけ)の人々の心を思うたのである。次には、女人結界(けつかい)を犯して門堂塔深く這入つた処は、姫※1自身に贖(あがな)はさねばならなかつた。落慶のあつたばかりの浄域だけに、一時に塔頭(たつちう)々々の人々が、青くなつたのも道理である。此は、財物を施入すると謂つてだけではすまされない。長期の物忌みを、寺近くに居て果させねばならないと思つた。其で、今日昼の程、奈良へ向けて早使(はやづか)ひを出して、郎女(いらつめ)の姿が、寺中で見出された顛末を、仔細に告げてやつたのである。

其と共に、姫の身は※2、此庵室に暫らく留め置かるゝことになつた。たとえ、都からの迎へが来ても、結界を越えた贖ひだけは、こゝに居てさせようと言ふのである。

床は低いけれども、かいてあるにはあつた。其替り、天井は無上に高くて、而も萱のそゝけた屋根は、破風から、むき出しに空の星が見えた。風が唸つて過ぎたかと思ふと、其高い隙から、どつと吹き込んで来た。ばら〳〵落ちかゝるのは、煤がこぼれるのだらう。明王の前の灯が一時(いつとき)、かつと明くなつた。

その光りで照し出されたのは、あさましく荒(すさ)んだ座敷だけではなかつた。荒板の床の上に、薦筵(こもむしろ)二枚重ねた姫の座席、其に向つてずつと離れた壁に、板敷に直(ぢか)に

---

1 姫―〈底〉「姓」誤。

2 姫の身は、―〈底〉「姫の身、は」誤。

坐つて居る老婆が居た。

壁と言ふよりは、壁代(かべしろ)※3であつた。天井から吊りさげた竪薦(たつごも)※4が、幾枚もく ちぐはぐに重つて居て、どうやら、風は防ぐやうになつて居る。その壁代に張りついたやうになつて居る女、先から欬嗽(しはぶき)一つせぬ静けさである。

貴族の家の郎女は、一日もの言はずとも、寂しいとも思はぬ習慣がついて居た。其で、山陰の一つ家に居ても、溜め息一つ洩すのではなかつた。さつき此処へ送りこまれた時、一人の姥(うば)のついて来たことは知つて居た。だが、あまり長く音も立たなかつたので、人の居ることは忘れて居た。今ふつと明るくなつた御灯の色で、その姥の姿から顔まで一目で見た。何やら覚えのある人の気がする。さすがに、姫も人懐しかつた。ようべ家を出てから、女性(によしやう)には、一人も逢つて居ない。今そこに居る姥(うば)が、何だか、昔の知り人のやうに感ぜられるのも、無理はないのである。見覚えのあるやうに感じたのは、だが其親しみからばかりではなかつた。

お姫さま。

緘黙(しゞま)を破つて、却てもの寂しい乾声(からごゑ)が響いた。

あなたは、御存じあるまい。でも此姥(うば)は、生れなさらぬ前からのことも知つて居ります。聴いて見る気がおありかえ。

3　壁代(かべしろ)―吹き放しの室内に設ける臨時の間仕切り。上の長押に懸けて垂らした布や筵。

4　竪薦(たつごも)―筵をつなぎ合わせて壁代としたもの。

一旦、口がほぐれると、老女は止めどなく喋り出した。姫は、この姥の都に見知りのある気がした訣※1を悟つた。藤原南家（なんけ）にも、常々、此年よりとおなじやうな嫗（おむな）が出入りして居た。郎女たちの居る女部屋（をんなべや）※2までも、何時もづか〳〵這入つて来て、憚りなく物語つた。あの中臣志斐嫗（なかとみのしひのおむな）※3――。あれとおなじ表情をして居る。其も尤であつた。志斐ノ姥が藤氏（とうし）の語部（かたりべ）の一人であるやうに、此も亦、この当麻（たぎま）※4の村の旧族、当麻ノ真人（まひと）※5の氏（うぢ）の語部（かたりべ）だつたのである。

藤原のお家が、今は四筋に分れて居ります。だが、大織冠さまの代どころではありは致しませぬ。淡海公の時も、まだ一流れのお家で御座りました。併し其頃、やはり藤原は中臣と二つの筋に岐れました。中臣の氏人で、藤原の里に栄えられたのが、藤原と家名を申された初めで御座つた。

藤原のお流れは、公家摂籙（くげせふろく）※6の家柄、中臣の筋は、神事にお仕へする、かう言ふ風にはつきりと分ちがついてまゐりました。ぢやが、今は今昔は昔で御座ります。藤原の遠つ祖（おや）中臣の氏の神、天押雲根（あめのおしくもね）※7と申されるお方の事は、お聞き及びかえ。

奈良の宮に御座ります　日の御子さま、其前は藤原の宮の　日のみ子さま、其

1　訣―「訣」は別れる意だが、文語ワカルを「分かる」と書いて「解る」の意に使うのと同じ用法。なお「訳」をワケと訓むのは国訓。

2　女部屋―〈底〉「女郎屋」「郎」誤。

3　中臣志斐嫗（なかとみのしひのおむな）―万葉集巻三雑歌に志斐嫗の名がみえる。「強ひ語り」をする嫗だが、その内容は不明。折口はそれを「荒唐無稽な昔物語をする」語部としていた（口訳）。中臣氏の中に、藤氏の昔語りをする嫗を想定している。

4　当麻（たぎま）―〈底〉ルビ「たまぎ」誤、以下同。

5　真人（まひと）―〈底〉ルビ「まびと」誤。

6　摂籙（せふろく）―〈底〉「簶」誤。またルビ「らく」も誤。摂関家の意。〈全〉には「今ゆく先も」と補ってある。

又前は飛鳥の宮の　日のみ子さま、大和の国中に宮遷し宮奠め遊した代々の日のみ子さま、長く久しいみ代々に仕へた中臣の家の神わざ、お姫様、お聞き及びかえ。

遠い代の昔語り。耳明らめてお聴きなされ。中臣藤原の遠つ祖あめのおしくもね。遠い昔の　日のみ子さまのお食しの飯とみ酒を作る御料の水を、大和国中残る隈なく捜し覓めました。その頃、国原の水は、水渋※8臭く、土濁りして、日のみ子さまのおめしには叶ひません。天の神様、高天の大御祖教へ給へと祈るにも、国中は国低し。山々も尚天に遠し。大和の国とり囲む青垣山では、この二上山※9、空行く雲の通ひ路と昇り立つて、祈りました。その時、高天の大御祖のお示しで、中臣の祖おしくもね、天の水の湧き口を、此二上山に八ところまで見届けて、其後久しく　日のみ子さまのおめしの湯水は、中臣自身此山へ汲みに参りました。お聞き及びかえ。

当麻真人の氏の物語である。さうして其が、中臣の神わざに繋りのある点を、座談のように語り進んだ姥は、ふと口をつぐんだ。

外には、瀬音が荒れて聞こえてゐる。中臣の遠祖が、天ノ二上に求めた天ノ八井の水は、峰を流れ降つて、此岩にあたつて激ち流れる川なのであらう。姫は瀬音

7　天押雲根―天児屋根命の子。中臣氏が水の祭祀に関わることは、「中臣寿詞」（藤原頼長『台記』）に見られ、ここの当麻の語部の媼の語りはこれに拠っている。中臣氏は香取で井泉を神として祀り、水源開発に携わっていた占部氏が枚岡社を祀っていたが、大和宮廷に進出するに際して、中臣連と改姓した（前川明久参考文献による）。

8　水渋―ソブは、鉄分などによって、たまり水の表面で光って見えるもの、地渋。

9　二上山、空―〈底〉「二上、山空」読点位置誤。

のする方に向いて、掌（たなそこ）※1を合せた。
併しやがて、ふり向いて、仄暗くさし寄つて来てゐる姥の姿を見た時、言ひ難い畏しさと、せつかれるやうな忙しさを一つに感じたのである。其に、志斐ノ姥が本式に物語をする時の表情※2が、此老女の顔に現れてゐる。今、当麻（たぎま）ノ語部（かたりべ）ノ嫗（おむな）が、神憑りに入るやうに、わな〱震ひはじめたのである。

四

ひさかたの　天二上（あめふたかみ）に、
吾が登り　見れば※3、
飛ぶ鳥の　明日香（あすか）
ふる里※4の　神南備山隠り（かむなびごも）
家どころ　多（さは）に見え、
豊（ゆた）にし　屋庭（やには）は見ゆ。※5。
弥彼方（いやをち）に　見ゆる家群（いへむら）※6
藤原の　朝臣（あそ）が宿。

1　掌（たなそこ）—タナソコは、手の底の意、たなごころ。「手掌憀亮、此に陀那則挙謀耶羅羅儞〈たなそこモヤララニ〉と云ふ」（顕宗即位前紀訓注）。
2　表情—〈底〉「表性」誤。
四
3　吾が登り　見れば—「御諸が　うへに　登り立ち　わが見せば　つぬさはふ　磐余の池の　みなしたふ」（継体紀七年九月　紀歌謡97）。
4　ふる里—〈底〉「ふの里」誤。
5　屋庭は見ゆ—「千葉の　葛野を見れば　百千足る　家庭も見ゆ　国の秀も見ゆ」（記中巻　記歌謡41・応神）。
6　見ゆる家群（いへむら）　藤原の　朝臣が宿—「我見が欲し国は　葛城高宮　吾家の辺り」（記下巻　記歌謡58）。
7　処女子（をとめご）—〈底〉ルビ「と」脱。
8　〈底〉一字下げ、誤。
9　行ぬ（こ）—〈全〉は「通ぬ（こ）」とす

遠々に　わが見るものを、
たかぐゝに　我が待つものを、
処女子※7は　※8 出て行ぬ※9ものか。
よき言を　聞かさぬものか。
青馬の　耳面刀自※10。
刀自もがも※11、女弟もがも、
その子の　はらからの子の
処女子の　一人
一人だに　わか郷偶※12に来よ。
久方の　天二上
二上の陽面に、
生ひをゝり　繁み咲く
馬酔木の　にほへる子を
我が　取り兼ねて、
馬酔木の　あしずりしづる
吾はもよ偲ぶ※13。　藤原処女

るが、〈底〉のママとする。

10　青馬の　耳面刀自―『本朝皇胤紹運録』に、大友皇子の皇女壹志姫王について、「従四下。母大職冠女耳面刀自」とする。↓解説一六七頁。「青馬」は、「水鳥の鴨の羽色の青馬を今日見る人は限りなしといふ」(20・四四九四　家持)による。

11　がも―〈底〉「かも」誤。

12　郷偶―〈全〉は「配偶」とし、本書後段一〇五頁にも「配偶」とあるが、郷にふさわしい配偶の意を込めたと解して改めない。

13　偲ぶ―〈底〉「偲ぶ」を下段に下げてあるが、〈全〉のように、上段に位置すべきであろう。ルビ〈底〉のまま。〈全〉ルビ「しぬ」に改。作者はこの語を「しぬぶ」とし、「陰鬱な情緒」であるとして、死ヌに通じるという独特の意味合いで理解していた（万辞）。正しい語形は「しのふ」で、思フの類義語。なお偲字に思フの意はなく、シノフは日本独自に行われる国訓。

歌ひ了へた姥は、大息をついて、ぐつたりした。其から暫らく、山のそよぎ、川瀬の響きばかりが耳についた。

姥は居ずまひを改めて、厳かな声音（こわね）で、言ひ出した。

今のお歌の旧（もと）つ辞（ごと）を申しあげませう。此はお聞き知りにならぬ昔語りで御座る。だが、姫様にも深い図（かゝは）りのあることえ。心を静めてお聴きにならねばなりませぬ。

飛鳥の都に、日のみ子※1様に近く侍つた※2高い御身分の方がいらせられました。近江の大津の宮の内に成人なされて、唐土（もろこし）の学問にも詣（いた）り深くおありになりました。此国で、詩（からうた）をはじめて作られたのは、大友皇子※3様か、其ともお方かと申し伝へて居るほどで御座ります。

近江の都は離れ、飛鳥の都が再栄えました頃、どうしたお心得違ひか、日のみ子さまに弓を引くやうな企みをなされると言ふ噂が立ちました。

高天原広野姫尊（たかまのはらひろぬひめのみこと）※4様が、お怒りをお発しになりまして、とう〳〵池上の堤に引き出してお討たせになりました。

其お方がお死にの際（きは）に、深く〳〵思ひこまれた一人のお人が御座りまする。耳（みゝ）面刀自（ものとじ）と申す大織冠のお娘御の事で御座ります。前から深くお思ひになつて居

1　飛鳥の都に、日のみ子様―天武天皇。

2　侍つた―〈底〉「待つた」誤。

3　大友皇子―天智天皇の皇子、天智十年太政大臣となり、皇位に就くことが期待されたが、母親が采女であったことなどから人心を得ず、吉野から挙兵した大海人皇子（天武天皇）に壬申の乱で敗れ、壬申の年〈六七二〉自死する。明治政府は天皇位を追贈、弘文天皇と諡した。

4　高天原広野姫尊（たかまのはらひろぬひめのみこと）―持統天皇。

たと云ふでもありません。唯、此郎女も、大津の宮離れの時に、都へ呼び返されて、寂しい暮しを続けて居られました。等しく大津の宮に愛着をお持ち遊した右の方が、愈池上(いけがみ)の草の上で、お死になされると言ふことを聞いて、一目見てなごり惜しみがしたくてこらへられなくなりました。藤原から池上まで、おひろひでお出でになりました。小高い紫の一むらある中から、御様子を窺うて帰らうとなさいました。其時ちらりと、かのお人の最期に近いお目に止りました。其ひと目が、此世に残る執心となつたので御座りまする。

もゝつたふ　磐余(いはれ)ノ池に鳴く鴨を　今日のみ見てや　雲隠りなむ※5

この思ひがけない心残りを、お詠みになつた歌だと、私ども当麻(たぎま)の語部(かたりべ)では、伝へて居ります。

その耳面刀自と申すのは、淡海公の妹君、姫様方の祖父(おほぢ)君南家太政大臣(なんけだいじやう)※6には、叔母様にお当りになつてゞ御座りまする。

人間の執念と言ふものは怖(こは)いものとは思ひになりませんか。

其亡き骸は、大和の国を守らせよと言ふ御諚で、此山の上、河内から来る当麻(たぎま)路(ぢ)の脇にお埋(い)けになりました。其が何(なん)と此世の悪心も何もかも忘れ果てゝ清々(すがすが)しい心になりながら、唯それぱかり一念となつて、残つて居ると申します。藤

5　「もゝつたふ」の歌―万葉集巻三挽歌「大津皇子、死を被りし時に、磐余の池の堤にして涙を流して作らす歌一首」（3・四一六）。

6　南家太政大臣(なんけだいじやう)―郎女の祖父、武智麻呂。天平九年七月左大臣、その月に薨じている。太政大臣は、天平宝字四年に追贈された。この物語の現在は天平宝字元年か二年だから、まだ太政大臣とは呼べなかったことになる。〈全〉「太政大臣」。→解説一六三頁

原四流の中で、一番美しい郎女が、今におき耳面刀自と、其幽界（かくりよ）の目には見えるらしいので御座りまする。女盛りをまだ婿どりなさらぬさうなあなた様が、其力におびかれてお出でになるのでなうて何で御座りませう。

当麻路に墓を造りました当時（そのかみ）、石を搬ぶ若い衆にのり移つた霊（たま）が、あの長歌を謳うたのだと伝へて居ります。はい。

当麻語部嫗（たぎまのかたりのおむな）は、南家の郎女が脅える様を想像して咄して居たのかもしれない。唯さへこの深夜、場所も場所である。如何に止めどなくなるのが、「ひとり語（がた）り」の癖とは言へ、語部の古婆（ふるばゞ）の心は、自身も思はぬ意地くね悪さ※1を蔵してゐるものである。此が、神さびた職を寂しく守つて居る者の優越感にもなるのであつた。

大貴族の郎女は、人の語を疑ふことは教へられて居なかつた。そこへ、信じなければならぬものとせられて※2居た語部の物語である。詞の端々までも、真実なものと感じて聴いて居た。

さう言ふ昔びとの宿執（しゆくしふ）※3が、かうして自分を導いて来たことは、まことに違ひないであらう。其うしても※4、つひしか見ぬお姿——尊い御仏と申すやうな相好が、其お方とは思はれぬ。

1　意地くね悪さ—心がひにくれていて意地悪なこと。「くね」は「くねる」の意。

2　せられて—〈底〉「れ」脱。

3　宿執（しゆくしふ）—〈底〉ルビ「しゆくしう」、「執」の字音、正しくは「しふ」。

4　其うしても—〈底〉は「其（さ）うしても」と読めるが、作者は自装本で「其にしても」と訂している。〈全〉「其にしても」。

春秋の彼岸中日、入り方の光り輝く雲の上にまざ〳〵と見たお姿。此日本の国の人とは思はれぬ。だが、自分のまだ知らぬこの国の男子たちには、あゝ言ふ方もあるのか知ら。金色の冠、金色の髪の豊に垂れかゝる片肌は、白ゝと袒いで美しい肩。ふくよかなお顔は、鼻隆く、眉秀で、夢見るやうなまみを伏せて、右手は乳の辺に挙げ、左は膝のあたりに垂れて‥‥あゝ雲の上に朱の唇、匂ひやかにほゝ笑まれたと見た‥‥あの俤。

※5日のみ子さまの御側に居るお人の中には、あの様な人もおいでなさるものだらうか。我が家の父や、兄人たちも、世間の男たちとは、とりわけてお美しいと女たちは噂するが、其とても似もつかぬ‥‥。

尊い女性は、下賤な人と、口をきかぬのが、当時の掟である。何よりも、其語は、下ざまには通じないものと考へられてゐる。其でも此古物語をする姥には、貴族の語もわかるであらう。郎女は、恥ぢ乍ら問ひかけた。

そこの人。ものを聞きませう。此身の語が、聞とれたら、答へしておくれ。

その飛鳥の宮の　日のみ子さまに仕へたと言ふお人は、昔の罪びとらしいに、其が亦どうした訳で、姫の前に立ち現れて神々しく見えるのだらう。

此だけの語が、言ひ淀み〳〵して言はれてゐる間に、姥は郎女の内に動く心を、

5　ここは闕字であるべき箇所だが〈底〉は闕字になっていない。また、一字下げになっていない。

凡は気どつて居た。暗いみ灯の光りの代りに、其頃にはもう東白みの明りが、部屋の内の物の形を朧ろげに顕し出して居た。

其は申すまでもないこと。お聞きわけられませ。神代の昔、天若日子[※1]と申したは、天の神々に矢を引いた罪ある者に御座ります。[※2]其すら、其後、人の世になつても、氏貴い家々の娘御の閨の戸までも忍びよると申しまする。世に言ふ「天若みこ」と言ふのが、其で御座ります。天若みこ、物語にも、うき世語りにも申します。お聞き及びかえ。

姥は暫らく口を閉ぢた。さうして言ひ出した声は、年に似ずはなやいだものであつた。

「もゝつたふ」の歌を残しなされた飛鳥の宮の執心[※3]びとも、つまりはやはり、天若みこの一人で御座りまする。

お心つけなされませ。物語も早これまで[※4]。

其まゝ石のやうに、老女はぢつとして居る。冷えた夜も幾らか朝影を感じる頃になると、温みがさして来た。

万法蔵院は、村からは遠く山によつて立つて居た。暁早い鶏の声も聞えない。もう塒[※5]を離れるらしい朝鳥が、近い端山の梢で、羽振の音を立て初めてゐる。

1　天若日子―古事記上巻、神代紀下で、天孫降臨に先立って葦原中国を平定すべく高天原から派遣されるが、大国主の娘下照比売と結婚して葦原中国に居着いてしまう神。その様子を覗いに来た雉の鳴女を射殺した矢が高天原に届き、高木神が返したその矢に当たって死んでしまう。このモチーフは平安時代以後天稚彦伝承として、長者の娘のもとを訪れる異界の存在として形象される。郎女のもとを訪れようとする存在は、この伝承をふまえる。

2　句点―〈底〉読点「、」誤。

3　執心―〈底〉ルビ「しうしん」、「執」の字音、正しくは「しふ」。

4　「もゝつたふ」～まで―〈底〉のこの頁は下に広告が入っていて、本文半頁どり。そのため、一字下ゲになっていない行がある。なお、この文は「ことの語り言もこをば」（記上巻　記歌謡2）を訳したもの。

5　塒—読みは「ねぐら」。

死者の書（正篇※6）

釋　迢空

一

彼(か)の人※7の眠りは、徐(しづ)かに覚めて行つた。まつ黒い夜の中に、更に冷え圧するものゝ澱んでゐるなかに、目のあいて来るのを覚えたのである。

した　した　した　耳に伝ふやうに来るのは、水の垂れる音か。たゞ凍りつくやうな暗闇の中で、おのづと、睫が離れて来た。

膝が、肱が、徐ろに埋れてゐた感覚をとり戻して来るらしく、彼(か)の人(ひと)の頭に響いて居る。全身にこはばつた筋が、僅かな響きを立てゝ、掌、足裏に到るまで、ひきつれ※8を起しかけてゐることを感じ初めた。

さうして、なほ深い闇。ぽつちりと目をあいて、見廻す瞳にまづ圧(あつ)しかゝる黒い

正篇　一

6　正篇—解説一五五頁

7　彼(か)の人—　↓解説一五一頁

8　ひきつれ—「Fiqitçuri　ある部分の神経などが縮む」（日葡）。ヒキツルは四段活用だから連用形名詞はヒキツリが正しい。〈全〉「ひきつれ」。

巌の天井を意識した。次いで、氷になつた岩牀(どこ)。両脇に垂れさがる荒石の壁。したく〳〵と岩伝(いはづた)ふ雫の音。

時が経た[※1]――。眠りの深さが、はじめて頭に浮んで来る。長い眠りであつた。けれども又、浅い夢ばかりを見続けて居た気がする。うつら〳〵思つてゐた考へが、現実に繋つて、あり〳〵と目に沁みついてゐる。

あゝ耳面刀自(みゝものとじ)[※2]。

甦(よみがへ)つた語が、彼の人の思ひを、更に弾力あるものに響き返した。

耳面刀自。おれはまだお前を。……思うてゐる。おれは、きのふこゝに来たのではない。それも、をとゝひや、其さきの日に、こゝに眠りこけたのでは決してないのだ。おれは、もつと〳〵長く寝て居た。でも、おれはまだ、お前を思ひ続けて居たぞ。耳面刀自(みゝものとじ)。こゝに来る前から……こゝに寝ても、……其から、覚めた今まで、一続きに、一つ事を考へつめて居るのだ。

古い習慣から――祖先以来さうしたやうに、此世に在る間さう暮して居た[※3]――である。彼の人は、のくつと[※4]起き直らうとした。だが、筋々が断(き)れるほどの痛みを感じた。骨の筋々が、挫けるやうな疼きを覚えた。――さうして尚、ぢつとぢつとして居る。射干玉(ぬばたま)の闇。黒玉の大きな石壁に、刻み込まれた白々とした

1　経た―読みは「たつた」。

2　刀自(とじ)―〈底〉ルビ「とぢ」誤。次も同じ。

3　〈底〉「居た。」句点衍字。「である」の前、「しぐさ」などの語が抜けている。〈全〉「習(ナラハ)しからである」。

4　のくつと―勢いよく毅然と立ち上がるさまを表す語ヌックトを言い換えた独自の擬態語。

からだの様に、寂しく、だが、すんなりと手を伸べたまゝで居た。
耳面刀自の記憶。たゞ其だけの深い凝結した記憶。其が次第に蔓(ひろが)つて、過ぎた日の様々な姿を、聯想の紐に貫いて行く。さうして明るい意思が、彼の人の死枯(しにが)れたからだに、再び立ち直つて来た。

耳面刀自。おれが見たのは、唯一目――唯一度だ。だが、おまへのことを聞きわたつた年月は久しかつた。おれによつて来い。耳面刀自。

記憶の裏から、反省に似たものが浮び出て来た。

おれは、このおれは、何処に居るのだ。……それから、こゝは何処なのだ。※5其よりも第一、此おれは誰(だれ)なのだ。其をすつかりおれは忘れた。

おれは覚えて居る。あの時だ。鴨が声(ね)を聞いたのだつけ。さうだ。訳語田(をさだ)※6の家を引き出されて、磐余(いはれ)の池に上つた。堤の上には、遠捲きに人が一ぱい、あの萱原、そこの矮叢(ぼさ)※7から首がつき出て居た。皆が大きな喚(おら)び声を、挙げて居たつけな。あの声は残らず、おれをいとしがつて居る、半泣きの喚(わめ)き声だつた。

其でもおれの心は、澄みきつて居た。まるで、池の水だつた。あれは、秋だつたものな。はつきり聞いたのが、水の上に浮いてゐる鴨鳥(どり)の声(こゑ)だつた。今思ふ

5　〈底〉一字下ゲなし。

6　訳語田(をさだ)―「持統即位前紀」朱鳥(あかみとり)元年十月に、「庚午(かうご)(三日)に、皇子大津を訳語田(をさだ)の舎に賜死(みまからし)む」とあるが、前掲の大津皇子歌に「死を被りし時に、磐余の池の陂(つつみ)にして涙(なみた)涕を流して作らす歌」とあるので、そこに引き出されたと脚色した。

7　矮叢(ぼさ)―ボサは、やぶや雑草の茂み。矮叢は矮樹(和漢三才図会)などに類想した造語。

と、待てよ。其は何だか、一目惚れの女の哭き声だつた気がする。――をゝ、あれが耳面刀自だ。其瞬間、肉体と一つに、おれの心は急に締めあげられるやうな刹那を通つた気がした。俄かに楽な広い世間に出たやうな感じだつた。さうして、ほんの暫らく、ふつとさう考へたきりで、空も見ない。土も見ない。花や木の色も消え去つた――おれ自分すら、おれだか、はつきり訣らぬものになつてしまつたのだ。

あゝ其時から、おれ自身、このおれを忘れてしまつたのだ。

足の踝(くるぶし)※1が、膝の膕(ひつかゞみ)※2が、腰のつがひ※3が、頸のつけ根が、顳顬(こめかみ)※4が、盆の窪※5が――と、段々上つて来るひよめき※6の為に蠢いた。自然に、ほんの偶然強ばつたまゝの膝が、折り屈められた。だが、依然として――常闇(とこやみ)。

1　踝(くるぶし)―クルブシは、足首の内側と外側にある骨の突起をいう。「Curubuxi l Axino curubuxi 踝、または足の踝」(日葡)。

2　膕(ひつかゞみ)―ヒツカガミは、膝の後ろの窪んだ箇所。ヒキカガミ(隠曲)の促音便形、ヒカガミとも。「隠曲　ヒキカ、ミ」(易林本節用集)、「Hikagami The popliteal space; hollow bihind the knee」(和英)。

3　つがひ―関節など二つの部分がつながっている箇所。「節 ツガヒ、骨ツギメ」(伊京集―節用集の一本)、「Tugai a joint,hinge(蝶番), or place where two things on each other,as a screen. byobu no ~ga kireta (屏風の番が切れた),the joint of the screen is broken.」(和英)。

4　顳顬 ―コメカミは、米噛みの意で、耳の上、髪際の部分が、ものを噛む時に動くことからいう。「蟀谷　髪際附　針灸経云、耳以上入二髪際一一寸半、有二穴一、応レ嚼而動、謂二之蟀谷一　和名古米賀美、髪際、加美岐波」(和名抄)。

5　盆の窪―うなじの中央の窪んだところ。「Bonnocubo 首すじ、または首すじのくぼみ」(日葡)。

6　ひよめき―名詞としてのヒヨメキは、新生児の頭部の柔らかい部分をいうが、ここは、それのもとの形と推定できる、弱々しく動く意の動詞ヒヨメクの連用形名詞としての用法である。5頁に「姫の白い額は、故もなくひよめいた」とつかわれている。「ひよめけよの　ひよめけよの」(宗安小歌集)。

をゝさうだ。伊勢の国に居られる貴い巫女(みこ)※7——おれの姉御(ご)。あの人がおれを呼び活けに来てゐる。

姉御。こゝだ。でも、おまへさまは、尊い御(おん)神に仕へてゐる人だ。おれのからだに触(さは)つてはならない。そこに居るんだ。ぢつとそこに踏み止(とま)つて居るのだ※8。

——あゝおれは死んでゐる。死んだ。殺されたのだ。忘れて居た。さうだ。此は、おれの墓だ。

いけない。そこを開(あ)けては。塚の通ひ路の扉をこじるのはおよし。……よせ。よさないか。姉の馬鹿。

なあんだ。誰も来ては居なかつたのだな。あゝよかつた。おれのからだが、天(てん)日(ぴ)に暴(さら)されて、見る〳〵腐るところだつた。だが、をかしいぞ。あれは昔だ。あのこじあける音がしたのも、昔だ。姉御の声で、塚道の扉を叩きながら、言つて居たのも今(いんま)※9の事——ではなかつたのだ。昔だ。おれのこゝへ来て間もないことだつた。

おれは其時知つた。十月だつたから鴨が鳴いて居たのだ。其鴨のやうに首を捻ぢちぎられて、何もわからぬものになつたことも、かうつと※10、姉御が墓の戸で哭き喚(わめ)いて、歌をうたひあげられたつけ。「巌石(いそ)の上(うへ)に生ふる馬酔木(あしび)を※11」

7　貴い巫女(みこ)—おれの姉御(ご)—大津皇子の姉—伊勢斎宮だった大伯皇女。

8　居るのだ—〈底〉「居るものだ」、「も」衍字。

9　今(いんま)—イとマの間に撥音ンを入れるのは、大阪ことば（大阪ことば事典）。

10　かうつと—迷うときに発する間投詞、ええと。

11　巌石(いそ)の上(うへ)に生ふる馬酔木(あしび)を—万葉集巻二挽歌「大津皇子の屍を葛城の二上山に移し葬る時に、大伯皇女の哀傷して作らす歌二首」第二の歌（2・一六六）。第一句のイソは万葉集で磯ではなく石を指すこともある。本文「礒」は、「碕礒」とつかって石や巌が突き出て険しいさまを表す。イソと読んで単に石の意で使うのは国訓、日本的用法。ウヘはほとりの意。

と言はれたので、春が闌(た)けて、夏に入りかけた頃だと知つた。おれの骸(むくろ)※1は、もう半分融け出した頃だつた。それから、「たをらめど‥‥見すべき君がありと言はなくに※2」さう言はれたので、はつきりもう死んだ人間になつたと感じたのだ‥‥其で、手で、今してる様にさはつて見たら、其時驚いたことに、おれのからだは著こんだ著物の下で、ぺしやんこになつて居るのだつた。臂(かひな)が動き出した。片手は、まつくらな空(くう)をさした。さうして、今一方は、そのまゝ、岩牀(どこ)※3の上を掻き捜つて居る。

　うつそみの人なる我や。明日よりは、二上(ふたかみ)山を愛兄弟(いろせ)と思はむ※4。

※5誄歌(なきうた)が聞えて来たのだ。姉御があきらめないで、も一つつぎ足して歌つてくれたのだ。其で知つたのは、おれの墓と言ふものが、二上山にあると言ふことだ。

よい姉御だつた。併し、其歌の後で、又おれは何もわからなくなつてしまつた。其から、どれほどたつたのかなあ。どうもよつぽど、長い間だつた気がする。伊勢の巫女様、尊い姉御が来てくれたのは、居寝りの夢を醒された感じだつた。其に比べると、今度は、深い睡りの後見(あと)たいな気がする。手にとるやうだ。目に見るやうだ。心を鎮めて‥‥鎮めて。でないと、この考

1　骸(むくろ)―〈底〉「の骸」の二字に亙ってルビ「むくろ」、誤。

2　たをらめど―前掲大伯皇女歌の下の句。

3　牀(どこ)―〈底〉ルビ「とこ」、〈全〉の「ドコ」による。なお四六頁は「どこ」。

4　うつそみの人なる我や―前掲大伯皇女歌の第一首。なお第五句は「…と我が見む」、〈全〉「思はむ」、(口訳)「我が見む」。

5　〈底〉ここから二行一字下げなし、誤。誄歌(なきうた)―誄(ルイ)は、死者の生前の徳行功績をたたえて死をいたむことば。「誄(シノヒコトタテマツル)」(敏達紀十四年八月　前田本訓)、「志乃比己止乃書(フミ)」(続紀　天平神護二年正月詔)。

へが復散らかつて行つてしまふ。おれの昔があり〳〵と訣つて来た。だが待てよ。…さうして一体、こゝに居るおれはだれなのだ。だれの子なのだ。だれの夫(つま)なのだ。其をおれは忘れてしまつてゐるのだ。

両の臂は、腰の廻り、胸の上、股から膝をまさぐつて居る。さうしてまるで、生物のやうな深い溜め息が洩れて出た。

大変だ。おのれの著物は、もうすつかり朽つて居る。おのれ※6のはかまは埃になつて、飛んで行つた。どうしろと言ふのだ。此おれは、著物もなしに寝て居たのだ。

筋ばしるやうに、彼の人のからだに、血の馳け廻るに似たものが過ぎた。肱を支へて、上半身が、闇の中に起き上つた。

をゝ寒い。おれをどうしろと仰るのだ。尊いおつかさま※7。おれが悪かつたと言ふのなら、あやまります。著物を下さい。著物を。此では地べたに凍りついてしまひます。

彼の人には、声であつた。だが、声でないものとして、消えてしまつた。声でない語(ことば)が、何時までも続く。

くれろ。おつかさま。著物がなくなつた。すつ裸で出て来た赤ん坊になりた

6　おのれ―〈底〉はここの二例だけ「おれ」でなく「おのれ」だが、改めない。

7　尊いおつかさま―ここではまだ母の名ははっきりしていない。ただ産みの母に訴えるだけである。

いぞ。赤ん坊だ。おれは。こんなに寝床の上を這ひずり廻つてゐるのが、誰にも訳ら[1]ないのか。こんなに手足をばた〳〵やつてゐるおれの見える奴が居んのか。

その唸き声のとほり、彼の人の骸(むくろ)は、まるで駄々をこねる赤子のやうに、足もあがゝ[2]に身あがきをば、くり返して居る。

明りのさゝなかつた墓穴の中が、時を経て、薄い氷の膜ほど物のたゞずまひを幾分朧ろに見わけることが出来るやうになつて来た。其はどこからか、月光とも思へる薄あかりがさし入つて来たのである[3]。

どうしよう。どうしよう。おれは。――大刀までこんなに、銹びてしまつた……。

二

月は、依然として照つて居た。山が高いので、光りのあたるものが少かつた。山を照らし、谷を輝かして、剰る光りは、又空に跳ね返つて、残る隅々までも、鮮やかにうつし出した。

1　訳ら―〈底〉ここは「訣」ではなく「譯」を用いる。

2　あがゝ―〈底〉「ゞ」誤。

3　其は～来たのである―この文は曲流文。「其は……来たからである」とあるべきところ。〈全〉は「其は」を削除している。

二

4　ほつとり―ホットリはきっぱり、ほっと（する）などの意だが、ここはボットリの意で使ってある。「ぼつとり　やはらかにいとほしきかたちか」（安原貞室『かた言』）、「Bottori In a soft ,quiet

足もとには、沢山の峰があつた。黒ずんで見える峰々が入りくみ、絡みあつて、深々と畝つてゐる。其が見えたり隠れたりするのは、この夜更けになつて、俄かに出て来た霞の所為（せゐ）だ。其が又、此冴え〱とした月夜を、ほつとり※4と暖かく感じさせて居る。

端山（はやま）※5の広い群（むらが）りの先（さき）は、白い砂の光る河原だ。目の下遠く続いた輝く大佩帯（おほおび）※6は、石川である。その南北に渉つてゐる長い光りの筋が、北の端で急に拡つて見えるのは、凡河内（おほしかふち）※7の邑のあたりであらう。其へ、山国を出たばかりの堅塩川（かたしは）※8—大和川—が行きあつて居るのだ。そこから、乾（いぬゐ）の方へ、光りを照り返す平面が、幾つも列つて見えるのは、日下江（くさかえ）※9・難波江（なにはえ）※10などの水面であらう。

※11寂かな夜である。やがて鶏鳴近い山の姿は、

---

or silent manner —to skite iru（ぼっとりとしている），to be quiet」（和英）。

5　端山（はやま）—山なみで端にある低い山。奥山に対して人里に近い山。「麓、山の足を麓と曰ふ、此には簸耶磨（はやま）と云ふ」（神代紀上）。ここからは、二上山から乾の方角、西北への眺望が描写される。端山は、鉢伏山（現羽曳野市）などになる。

6　大佩帯（おほおび）—川を帯に喩える例が万葉集にみえる。「大君の三笠の山の帯にせる細谷川の音のさやけさ」（7・一一〇二　詠河）。

7　凡河内（おほしかふち）—河内地方を中心とした広い地域をいう称。

8　堅塩川（かたしは）—大和川の別称として想定されている。万葉集巻九、一七四二歌に、河内大橋の掛かる川を「片足羽河（かたしは）」とある。橋は石川と大和川の合流地点付近にあったとされる。これを賀茂真淵『萬葉考』がカタシハカハと訓んで以来この呼称が行われている。折口はこれに『口訳』で「堅塩川」の字をあてている。よみはカタシハカハである。それとここは一致する。「万辞」（補）に、「今、石川と言ふ」とあり、「又、片塩川」とする。〈全〉にはシハではなくシホと振り仮名があるが、その経緯は不明。真淵はこれを安寧天皇の片塩浮穴宮に結びつけるが、折口はこの宮は大和国山辺郡にあるとしている（万辞）。堅塩川は、石川と大和川の合流地点付近の別称として折口が想定している称である。

9　日下江（くさかえ）—生駒山の西側山地を草香山と称した。その麓に草香貝塚がある。古代の大阪湾はそこまで入江となっていた。草香江と称する。

10　難波江（なにはえ）—難波宮の西側の難波津を指すか。〈全〉には、この二つの江の間に永瀬江が記されるが、どこを指すか、不明。

11　〈底〉一字下ゲになっているが、誤。

一様に露に濡れたやうに、しつとりとして静まつて居る。谷にちら〳〵する雪のやうな輝きは、目の下の山田谷に近い小桜―彼岸桜―の遅れ咲きである。

一本の路が、真直に通つてゐる。二上山の男嶽（をのかみ）と、女嶽（めのかみ）との間から、急に降（さが）つて来るのである。難波（なには）から飛鳥（あすか）の都への本道※1になつて居るから、日によつては、相応な人通りがある。道は白々と広く、夜目には、芝草の蔓（は）つて居るのすら見える。当麻路（たぎまぢ）である。一降りして又、大降（くだ）りにかゝらうとする所が、中だるみにやゝ坦（ひらた）くなつてゐた。稍繁つた栢（かへ）の木の森がある。半世紀を経た位の木ぶりが、一様に揃つて見える。月の光りも薄い木蔭全体が、勾配を背負つて造られた円塚であつた。月は瞬きもせずに照し、山々は深く睡を閉ぢてゐる。

　こう　こう　こう。※2

先刻（さつき）から聞えて居たのかも知れない。あまり寂けさに馴れた耳は、新な声を聞きつけようとしなかつたのであらう。だから今珍しく響いて来た感じもない。

　こう　こう　こう……こう　こう　こう。

※3だが、確かに人声である。鳥の夜声とは思はれぬ韻（ひゞき）を曳いて来る。声は暫らく止んだ。静寂は以前に増し、冴え返つて張りきつてゐる。この山の峰つゞきに見えるのは、南に幾重ともなく重つた葛城の峰々である。伏越（ふしごえ）、櫛羅（くしら）、小巨（こご）

1　難波（なには）から飛鳥（あすか）の都への本道―藤原京と難波を結ぶ道は、三条大路から横大路を経て当麻寺の南の竹内峠を越えて難波へ進む竹内街道と、二上山の北の穴虫峠を越えて、河内飛鳥で街道に合流する近道の大坂道があり、南の方の道の当麻寺付近を当麻道といった。しかし、こうした知見は戦後に確定したものであり、著者は二上山の鞍部を越える道を想定している。言わば物語の道である。

2　こう　こう　こう―魂呼ばいの呪文、「来う」であろうか（角川注）。

3　〈底〉不改行、誤。

勢(せ)※4と段々高まつて、果は空の中につき入りさうに、この二上山と此塚を圧するばかり、真黒に立つてゐる。
当麻路をこちらへ降つて来るらしい影が、見え出した。二つ　三つ　五つ……八つ九つ、九人の姿である。急な降りを一気に、この河内路へ馳けおりて来る。九人と言ふよりは、九柱の神であつた。白い著物、白い鬘(かづら)※5、手は足は、すべて旅の装束(いでたち)である。頭より上に出た杖をついて――九柱。この坦(たひら)※6に来て、森の前に立つた。

こう　こう　こう。

誰の口からともなく、皆一時に叫びが出た。山々の※7こだまは驚いて、一様に忙しく声を合せた。だが山は、忽ち一時の騒擾から、元の緘黙(しじま)をとり戻してしまつた。

こう　こう。お出でなされ。藤原南家郎女(なんけいらつめ)の御魂(みたま)。こう　こう。
こんな奥山に迷うて居る時ではない。早くもとの身に戻れ。こう　こう。
お身が魂(たま)を、今、山たづね尋ねて、尋ねあてたおれたちぞよ。こう　こう　こう。

九つの杖びとは、心から神になつて居る。彼らは杖を地に置き、鬘を解いた。鬘は此時、唯真白な白布に過ぎなかつた。其を長さの限り振り捌いて、一様に塚に

4　伏越(ふしごえ)、櫛羅(くしら)、小巨勢(こごせ)―金剛・葛城山系の峰々。櫛羅は葛城山の南の地名。

5　鬘(かづら)―〈底〉ルビ「かつら」誤。

6　坦―「平坦　タヒラ」（名義抄）。

7　〈全〉「こだま」に傍点。

向けて振つた。

こう　こう　こう。

かう言ふ動作をくり返して居る間に、自然な感情の鬱屈と、休息を欲するからだの疲れとが、九体の神の心を、人間に返した。彼らは、見る間に白い布を頭に捲きこんで鬘とし、杖を手にとつて立つた。

をい。無言（しじま）の勤（つと）めも此までぢや。

をゝ。

八つの声が答へて、彼等は訓練せられた所作のやうに、忽一度に草の上に寛（くつろ）ぎ、再杖を横へた。

これで大和も、河内との境ぢやで、もう魂ごひの行（ぎやう）もすんだ。今時分は、郎女さまのからだは、廬（いほり）[※1]の中で魂をとり返してぴち〳〵して居られるぞ。

こゝは何処だいの。

知らぬかいよ。大和にとつては大和の国。河内にとつては河内の国の大関（おほぜき）。二上の当麻路（たぎまぢ）の関（せき）。

[※2]別の長老（とね）めいた者が、説明を続（つ）いだ。

四五十年あとまでは、唯関と言ふばかりで、何のしるしも[※3]なかつた。其が

---

1 廬（いほり）―〈底〉ルビ「いろり」、誤。

2 〈底〉不改行、誤。

3 〈底〉「も」脱。

あの、近江の滋賀に馴染み深かつた、其よ。大和では磯城の訳語田の御館に居られたお方。池上の堤で命召されたあの骸※4を、罪人に殯するは、災の元と、天若日子の昔語に任せて、其まゝ此処にお搬び申して、お埋けになつたのが、此塚よ。

以前の声が、まう一層皺がれた響きで、話をひきとつた。

其時の仰せには、罪人よ。吾子よ。吾子の為了せ※5なんだ荒び心で、吾子よりもつと深い猛び心を持つた者の、大和に来向ふのを、待ち押へ、塞へ防いで居ろと仰せられた。

ほんに、あの頃は、まだおれたちも壮盛りぢやつた。今からでは、もう五十年になるげな。

今一人が、相談でもしか※6ける様な口ぶりを挿んだ。

さいや。あの時も、墓作りに雇はれた。※7その後も、当麻路の修復※8に召し出された。此お墓の事は、よく知つて居る。ほんの苗木ぢやつた栢が、此ほどの森になつたものな。畏かつたぞよ。此墓の魂が、河内安宿部※9から石担ちに来て居た男に憑いた時はなう。

九人は、完全に現し世の庶民の心になり還つて居た。山の上は、昔語りするには、

---

4 あの骸―万葉集巻二挽歌（2・一六五）題詞に、「大津皇子の屍を葛城の二上山に移し葬る時に、大伯皇女の哀傷して作らす歌」とあり、訳語田で「賜死」つまり自害させられた後、皇子の遺骸は二上山に埋葬された。罪人であるから殯宮は営まれない。高天原に叛いた天若日子同様の扱いであったというのである。

5 〈底〉「せ」脱。

6 〈底〉「か」脱。

7 〈底〉句点位置ズレ。

8 修復―〈底〉「覆」誤。

9 河内安宿部―河内国安宿部郡（和名抄）。

あまり寂しいことを忘れて居たのである。時の更け過ぎた事も、彼等の心には、現実にひし〳〵と感じられ出したのだらう。

もう此でよいのだ。戻らうや。

よかろ〳〵。

皆は、鬘をほどき、杖を棄てた白衣の修道者と言ふだけの姿(なり)になつた。

だがの。皆も知つてようが、このお塚は由緒深い(ゆゐしよふか)、気のおける処ゆゑ、まう一度魂ごひをしておくまいか。

長老(おとな)の語と共に、修道者たちは、魂呼ひ(たまよばひ)[※1]の行(ぎやう)を初めたのである。

こう　こう　こう。

を ゝ ……。

異様な声を出すものだと、初めは誰も、自分らの中の一人を疑ひ、其でも変に、おぢけづいた心を持ちかけてゐた。も一度、

こう　こう　こう。

其時、塚穴の深い奥から、冰りきつた、而も今活き出したばかりの様な声が、明らかに和したのである。

1　魂呼ひ(たまよばひ)――一般的には死者の魂を呼び返すことで、歴史的な記録としては、万寿二年〈一〇二五〉藤原道長の女で後朱雀帝の尚侍(後宮で女御、更衣に準ずる)であった嬉子の薨に際して、道長邸上東門院東の対の上で行われたことが、公家日記の『小右記』『左経記』にみえる。折口は、次のように考えていた。「唯無意識に、不可抗的に遊離する魂が、体外に於て、他の危険な魂に行き触れるのを避ける為に、魂を呼び返し、体内に固着せしめると言つた呪術を、鎮魂法と考へてゐるのである」(「日本文学の発生」一九四七)。つまり、ここで、生きている郎女の魂を呼び返す呪法が行われたのである。

をゝ……。

九人の心は、ばら〲の九人の心であつた。からだも亦ちり〲に、山田谷へ、竹内谷へ、大阪越へ、又当麻路へ、峰にちぎれた白い雲のやうに、消えてしまつた。唯畳まつた山と谷とに響いて、一つの声ばかりがしてゐる。

をゝ……。

三

おれは活(い)きた。

闇い空間は、明りのやうなものを漂してゐた。併し其は、蒼黒い靄の如くたなびくものであつた。巌ばかりであつた。壁も牀(とこ)も梁(はり)も、巌であつた。自身のからだすらが、既に巌になつて居たのだ。

屋根が壁であつた。壁が牀であつた。巌ばかり――。触(さは)つても〱巌ばかりである。手を伸すと、更に堅い巌が掌に触れた。脚をひろげると、もつと硬ばつた盤(ばん)石(じやく)が感じられた。

纔かにさす薄光りも、黒い巌石が皆吸ひとつたやうに、岩窟(いはむろ)の中のものは見えなかつた。唯——けはひ、彼の人の探り歩くらしい空気の微動があつた。

思ひ出したぞ。おれが誰だつたか、訣つたぞ。

おれだ。此おれだ。大津の宮に仕へ、飛鳥の宮に呼び戻されたおれ。滋賀津彦（しがつひこ）※1。即其が、おれだつたのだ。

歓びの激情を迎へるやうに、岩窟（いはむろ）の中のすべての突角が哮（たけ）びの反響をあげた。彼の人は立つて居た。一本の木だつた。だが、其姿が見えるほどの、はつきりした光線はなかつた。明りに照し出されるほど、纏つた現（うつ）し身（み）※2をも持つて居なかつた※3。
※4唯、岩屋の中に矗立（しゆくりつ）※5した立ち枯れの木に過ぎなかつた。
おれの名は、誰も伝へるものがない。おれすら忘れて居た。長く久しくおれ自身にすら忘れられて居た。可愛（いと）しいおれの名は、さうだ。語り伝へる子があつた筈だ。語り伝へさせる筈の語部（かたりべ）が出来て居ただらうに。——なぜか、おれの心は寂しい。空虚な感じが、しく／＼と胸を刺すやうだ。

——子代（こしろ）も、名代（なしろ）もないおれにせられてしまつたのだ。さうだ。其に違ひない。この物足らない、大きな穴のあいた気持ちは、其でするのだ。おれは、此世に居なかつたと同前の人間になつて、現（うつ）し身の人間どもには忘れ了（をふ）※6せられて

1　滋賀津彦—死者の名。大津皇子でないことについて、「角川注」解説に時世を憚ったとするが、ここは天若日子との関係を考えてみたい。↓解説一六六頁

2　現（うつ）し身（み）—ウツセミのミはミ甲で身はミ乙だから、ウツセミと現身は異なる。しかし、本作品発表時、上代特殊仮名遣の知識は一般的ではなかった。ここは現しき身体、「生きてゐる此身」（万辞）といった意味で用いられている。

3　〈底〉句点脱。

4　〈底〉一字下ゲ、誤。

5　矗立（しゆくりつ）—矗は長くまっすぐなさま。

6　〈底〉ルビ「ほ」。「をほ」の「を」が脱落したか。但し仮名遣いは「をふす」。〈全〉ルビ「ホ」。

居るのだ。憐みのないおつかさま※7。おまへさまは、おれの妻の、おれに殉死にするのを※8、見殺しになされた。おれの妻の生んだ粟津子※9は、罪びとの子として、何処かへ連れて行かれ、山野のけだものの餌食になつたのだらう。可愛さうな妻よ。哀なむすこよ。

だが、おれには、そんな事などは、何でもない。おれの名が伝らない、劫初から末代まで、此世に出ては消える天の下の青人草※10と同じく、おれは、此世に影も形も残さない人間になるのは、いやだ。どうあつても、不承知だ。

情ないおつかさま。おまへさまにお縋りするにも、其おまへさますら、もうお出でゞない此世かも知れない。

くそ――外の世界が知りたい。世の中の様子が見たい。

だが、おれの耳は聞える。其なのに目が見えぬ。この耳すら、世間の語を聞き別けなくなつて居る。闇の中にばかり瞑つて居たおれの目よ。も一度くわつと瞬いて、現し世のありのまゝをうつしてくれ、……土龍の目でも、おれに貸しをれ。

声は再寂かになつて行つた。独り言する其声は、彼の人の耳にばかり聞えて居るであらう。

7　おつかさま―大津皇子の母は天智天皇皇女の大田皇女、持統天皇の姉。

8　おれの妻の、おれに殉死する―大津皇子の妻について、「持統即位前紀」に、「妃皇女山辺、被髪し徒跣にして奔赴きて殉る」とある。山辺皇女は天智天皇皇女。

9　粟津子―「豊原氏系図」（群書類従・系譜部）に豊原氏（京の雅楽の家）の祖粟津王として名が載る。「実は舎人親王の子、父王子の謀叛に依りて肥前国豊原郷に配され後勅免さる」。

10　青人草―人々。「葦原中国に有らゆる宇都志伎（現しき）青人草」（記上巻）。

丑刻に、静粛の頂上に達した現し世は、其が過ぎると共に、俄かに物音が起る。月の空を行く音も聞えさうだつた四方の山々の上に、まづ木の葉が音もなく動き出した。次いで、遙かな〳〵豁※1の流れの色が白々と見え出す。更に遠く、大和国中の何処からか起る一番鶏のつくるとき。暁が来たのである。里々の男は、今、女の家の閨戸から、ひそ〳〵と帰つて行くだらう。月は早く傾いたけれど、光りは深夜の色を保つてゐる。午前二時に朝の来る生活に、村びとも、宮びとも忙しいとは思はないで、起き上る。短い暁の目覚めの後、又、物に倚りかゝつて、新しい眠りを継ぐのである。

山風は頻りに吹きおろす。枝・木の葉の相軋めく音が、やむ間なく聞える。だが其も暫らくで、山は元のひつそとしたけしきに還る。唯、すべてが薄暗く、すべてが隈を持つたやうに、朧ろになつて来た。

岩窟は、沈々と黝くなつて冷えて行く。した　した。※2水は岩肌を絞つて垂れてゐる。

耳面刀自。おれには、子がない。子がなくなつた。おれはあの栄えてゐる世の中には、跡を貽して来なかつた。子を生んでくれ。おれの子を。おれの名を語り伝へる子どもを。

1　「豁」は、広く開けた谷の意。文脈からは、谷川の意の「谿」がふさわしい。

2　〈底〉句点ナシ。

岩牀(どこ)の上に、再白々と横つて見えるのは、身じろぎもせぬからだである。唯その真裸な骨の上に、鋭い感覚ばかりが活きてゐる。

まだ反省のとり戻されないむくろには、心になるものがあつて、心はなかつた。

耳面刀自の名は、唯記憶よりも更に深い印象であつたに違ひはない。自分すら忘れきつた彼の人の出来あがらない心に、骨に沁み、干からびた髄の心(しん)までも、唯彫(ゑ)りつけられるやうになつて残つてゐる。

四※3

万法蔵院の晨朝(じんてう)の鐘だ。夜の曙色(あけいろ)に一度騒立(さわだ)つた物々の胸をおちつかせる様に、鳴りわたる鐘の音(ね)だ。一(いっ)ぱし白みかゝつて来た東は、更にほの暗い明(あ)け昏(ぐ)れの寂けさに返つた。

南家の郎女は、一茎(くき)の草のそよぎでも聴き取れる暁凪(あかつきな)ぎを、自身擾すことをすまいと言ふ風に、身じろぎすらもしないで居る。

夜(よる)の間(ま)よりも暗くなつた廬(いほり)の中では、明王像の立ち処(ど)さへ見定められなくなつて居る。

---

3 四――この章は「――その一――」とあるべき表示を欠いている。〈全〉では、前章の末尾に編入されている。また「その二、その三」はそれぞれ独立の章となっている。

何処からか吹きこんだ朝山颪(おろし)に、御灯(あかし)が消えたのである。当麻語部(たぎまのかたり)※1の姥も、薄闇に蹲つて居るのであらう。姫は再、この老女の事を忘れてゐる。たゞ一刻も前、這入りの戸を動した物音があつた。一度　二度　三度　数度、こと〱と音を立てた。枢※2がまるでおしちぎられでもするかと思ふほど、音に力のこもつて来た時、ちやうど※3鶏が鳴いた。其きり、ぴつたり、戸にあたる者もなくなつた。

四　―その二―

※4奈良の都には、まだ時をり、石城(しき)※5と謂はれた石垣を残して居る家が、見かけられた頃である。度々の太政官符(だいじやうぐわんぷ)※6で、其を家の周(まは)りに造ることが禁ぜられて来た。今では、宮廷より外には、石城(しき)を完全にとり廻した豪族の家などは、よく〱の地方でない限りは、見つからなくなつて居る筈なのである。

其に一つは、宮廷の御在所が、御一代々々々に替つて居た千数百年の歴史の後に、飛鳥(あすか)の都は、宮殿の位置こそ、数町の間をあちこちせられたが、おなじ山河一帯の内にあつた。其で凡そ、都遷りのなかつた形になつたので、後(あと)から〱地割り

1　当麻(たぎま)―〈底〉ルビ「たぎや」誤。

2　枢―トボソと読む。戸臍の意で、回転式の戸の支点の上下に穿った穴、そこに戸に付けられた突起を挿して回転をスムーズに行う。強い力で戸を引っ張ると破壊されて戸が離れてしまう、それほどの音だったと表現する。「記上巻」の八千予の歌（記歌謡2）などに基づく描写。

3　ちやうど―〈底〉「ちようど」、誤。

四　―その二―

4　〈底〉一字下ゲ、誤。

5　石城(しき)―シキは、イシ（石）キ（城）の構成かとされる。キは稲城（イナキ、稲を積んだ防壁）のキでシキは石で築かれたとりでを指した。「城(シキ)」（欽明紀九年十月北野本訓）。家の石垣という発想は、蘇我蝦夷・入鹿の家がそれぞれ宮門(みかど)と呼ばれ、「家の外に城柵(きかき)を作り」とある（皇極紀三年十一月　岩崎本訓）ことから得たものか。

6　太政官符(だいじやうぐわんぷ)―〈底〉ルビ「ぐわんふ」誤。石城を禁止する実例は

が出来て、相応な都城（とじやう）の姿は備へて行つて居た。其数朝の間に、旧族の屋敷は段々、家構へが整うて行つた。

葛城に元のまゝの家を持つて居て、都と共に一代ぎりの屋敷を構へて居た蘇我臣（そがのおみ）なども、飛鳥宮では、次第に家作りを拡めて行つて、石城（しき）なども高く、幾重にもとり廻して、凡永久の館作りをした。其とおなじ様な気持ちから、どの氏でも大なり小なり、さうした石城（しき）づくりの屋敷を構へて行つた。

蘇我臣一家の権威を振うた島ノ大殿家の亡びた時分から石城の構へは禁められ出した。

この国のはじまり、天から伝へられたと言ふ、宮廷に伝る神の御詞（みこと）に背く者は、今もなかつた。が、書いた物の力は、其が何処から出たものであらうとも、其ほどの威力を感じるに到らない時代が、まだ続いて居た。

其飛鳥都すら、高天原広野姫尊様（たかまのはらひろぬひめのみことさま）※7の思召しで、其から一里北の藤井个※8原に遷され、藤原都と名を替へて新しい唐様（もろこしやう）のきら〳〵しさを尽した宮殿が建ち並ぶ事になつた。近い飛鳥から新渡来（いまき）の高麗馬（こま）に跨つて、馬上で通ふ風流士（たはれを）※9もあるにはあつたが、多くはやはり鷺栖（さぎす）の阪の北、香具山の麓から西へ、新しく地割りせられた京城（けいじやう）の坊々（まちまち）※10に屋敷を構へ、家造りをした。その次の御代になつ

ない。古い仕来りがなくなってきている時世を表す一例として構想されたのであろう。

7　高天原広野姫尊様（たかまのはらひろぬひめのみことさま）―持統天皇の和風諡号。

8　个―箇の竹かんむりの一方を取った略字。ケはこれの変化形。

9　風流士（たはれを）―〈底〉ルビ不整。「蕩子　文選詩云、蕩子行不レ帰、漢語抄云、蕩子、太波礼乎」（和名抄）。文選詩は、「古詩十九首之二」、娼妓だった女が結婚した男は旅から帰らない男だと嘆く詩。「蕩子行きて帰らず　空牀独り守り難し」とある。『和名抄』の和訓は遊蕩に傾いている。タハルは姦淫をなすの意で、ここで「風流士」を当てているのは、万葉集の「みやびを〈遊士〉と我は聞けるをやど貸さず我を帰せりおそのみやびを〈風流士〉」（2・一二六）を意識する用法であろう。色好みというと平安朝風になるが、それに相当する意味となる。

10　坊々（まちまち）―〈底〉ルビ「まちみ」↓解説一五四頁

ても、藤原都は日に益し※1、宮殿が建て増されて行つて、こゝを永宮と遊ばす思召しが伺はれた。その安堵の心から、家々の外には、石城を廻すものが、又ぼつ〱出て来た。さうして其が忽、氏々の上の家囲ひをあらかた石にしてしまつた頃になつて、天真宗豊祖父尊様※2がおかくれになり、御母　日本根子天津御代豊国成姫大尊様※3がお立ち遊ばし、四年目には、奈良都に宮遷しがあつた。ところがまるで、追つかけるやうに、藤原の宮は固より、目ぬきの家並みが、不時の出火※4で、痕形もなく、空の有となつてしまつた。

もう此頃になると、太政官符に、更に厳しい添書がついて出なくとも、氏々の人は皆、目の前のすばやい人事自然の交錯した転変に、目を瞠るばかりであつた。久しい石城の問題も其で、解決がついて行つた。

古い氏種姓を言ひ立てゝ、神代以来の家々の職の神聖を誇つた者どもは、其家職自身が新しい藤原奈良ノ都には次第に意味を失つて来てゐる事に、気がついて居なかつた。

最早くそこに心づいた姫の曾※5祖父淡海公などは、古き神秘を誇つて来た家職を末代まで伝へる為に、別に家を立てゝ中臣の名を保たうとした※6。さうして自分、子供たち、孫たちと、いちはやく官人生活に入り立つて行つた。

1　藤原都は日に益し—藤原京は飛鳥京が西北に拡大して行った経緯から、新益京と称された（持統紀五年十月）。それをふまえる表現。

2　天真宗豊祖父尊—文武天皇の和風諡号。

3　御母日本根子天津御代豊国成姫大尊—元明天皇の和風諡号。

4　不時の出火—『続紀』に記録を見ないが、『扶桑略記』に、「和銅四年辛亥、大官等寺并藤原宮焼亡」とある。

5　曾—〈底〉ナシ。淡海公不比等は郎女の曾祖父。

6　別に家を立てゝ中臣の名を—文武二年〈六九八〉八月の詔で、鎌足に賜った藤原の姓は不比等が継ぎ、他は神事に携わって、旧姓中臣に復すことになったことを指す。

ことし四十を二つ三つ越えたばかりの大伴家持（おほとものやかもち）※7は、父旅人（たびと）の其年頃よりは、もつと傑れた男ぶりであつた。併し、世の中はもうすつかり変つて居た。見るもの障る（さは）※8もの、彼の心を苛（いら）つかせる種にならぬものはなかつた。淡海公の百年前※9に実行してしまつて居る事に、今はじめて自分の心づいた鈍（おぞ）ましさを憤つて居る。さうして自分とおなじ風の性向の人のまざまざとした成り行きを見て、慄※10然とした。現におなじ藤原びとでも、まだ昔風の夢に耽つて居た南家の横佩右大臣は、去年大宰員外帥（ゐんぐわいのそち）になつて、都を離れて行つたではないか。自分の親旅人の三十年前に踏んだ道である※11。

世間の氏々の上は大方もう、石城（しき）など築（きづ）き廻（まは）して、大門小門を繋ぐと謂つた要害と、装飾とに興味を失ひかけて居るのに、何とした自分だ。おれはま

7　大伴家持（おほとものやかもち）—「ことし四十を二つ三つ越えたばかり」とある。後段に兵部大輔とある。兵部大輔であったのは、任官が天平勝宝九歳〈七五七〉六月で、それから右中弁になった十二月まで、この年に限られる。だから、この年に四十二歳とすると、出生は霊亀二年〈七一六〉となる。一般には養老二年〈七一八〉説が採られるが、霊亀二年説もある。

8　障（さは）る—「Sauari 障害、又は邪魔 Sauariuo suru（さわりをする）妨害をする、あるいは邪魔をする」（日葡）。

9　百年前—実際は六十年ほど前の文武二年〈六九八〉のこと。ずいぶん前という印象で書かれている。

10　慄—〈底〉「慓」誤。

11　旅人の三十年前に踏んだ道—大伴旅人は、大宰帥となり、神亀四年〈七二七〉筑紫へ赴任した。大宰帥は地方官の中では最高位の官職で、位階が従三位以上の高官が就くのが決まりであった。旅人は正三位であった。官職としては中納言からの昇進人事であるから、いわゆる左遷ではない。しかし、実際は藤原四兄弟と長屋王の対立の中、藤原氏によって京から遠ざけられたとも見られる。ちなみに、大伴旅人の後任の大宰帥は、郎女の祖父武智麻呂であった。

だ現に、出来るなら、宮廷のお目こぼしを頂いて、石に囲はれた家の中で、家の子ども※1を集め、氏人（うぢびと）たちを召しつどへて、弓場（ゆば）に精励させ、矛ゆけ大刀かき※2を勉強させようと空想して居る。さうして、毎月頻繁に氏の神其外の神々を祭つて、其度に、家の語部（かたりべ）大伴ノ語（かたり）ノ造（みやつこ）の嫗（おむな）たちを呼んで、之に捉（つかま）へやうもない大昔の物語をさせて、氏人（うぢびと）に傾聴を強ひて居る。何だか空（くう）な事に力を入れて居るやうに思へてならぬ寂しさだ。併し此より外に、今のおれに出来ることがあると言ふのか。

こんな溜め息を洩しながら、大伴氏の旧い習はし※3を守つて、どこまでも、宮廷守護の為の武道伝襲に努める外はない家持だつたのである。

越中守として踏み歩いた越路（こしぢ）の泥のかたが、まだ※4行縢（むかばき）※5から落ちきらぬ内に、彼にはもう復（また）、都を離れなければならぬ時の迫つて居るやうな気

---

1 〈底〉「子ども」の「も」脱。

2 矛ゆけ大刀かき―矛を操り、太刀をふるうこと。「御諸山に登りて東に向きて八廻弄槍（たびほこゆけ）し、八廻撃刀（たちかき）す」（崇神紀四十八年正月 熱田本訓）。

3 大伴氏の旧い習はし―大伴氏は朝廷の軍事集団を率いた。家持「族を喩す歌」（20・四四六五）に、代々の天皇の守護に当たってきた氏であると明言されている。

4 まだ―〈底〉「まで」誤。

5 行縢（むかばき）―遠出の際に両足の覆いとした布や革製品。「食薦敷き蔓菁煮持ち来梁に行縢掛けて休むこの君」（16・三八二五「行縢・蔓菁・食薦・屋梁を詠む歌」）。

6 兵部大輔（たいふ）―諸国の軍事、兵員に関することを司る兵部省の上席次官。↓解説一六一頁

7 東大寺の四天王像の開眼（かいげん）―盧舎那仏の開眼が天平勝宝四年、それから六年後に設定してある。

8 天部（てんぶ）―仏語。諸天界に住む護法神の総称。

9 形相（ぎやうさう）―〈底〉「相」のルビ「ざう」誤。

10 多聞天と広目天―四天王のうちの二。

11 紫微内相藤原中卿（ちうけい）―孝謙天皇即位後、天平勝宝元年八月、光明皇太后のために紫微中台が設置され、仲麻呂が長官となる。天平勝宝九歳五月に仲麻呂紫微内相となる。中卿は仲麻呂卿の略。〈全〉は、「大師藤原恵美中卿」と記すが、太師に任じられたのは天平宝字四年正月であり、その年には家持はすでに因幡に赴任している（天平宝字三年正月因幡国の歌、万葉集巻末の歌あり）から、ここは天平宝字二年八月淳仁天皇即位とともに、仲麻呂が太保（右大臣の唐名）に任ぜられ、恵美押勝の名を許された、その太保と二年後の太師が混同されたのだろう。その第九章で、仲麻呂は家持との司についてふれ、「紫微中台と兵部省」としているから、それだけを取ればこれは家持天平勝宝九歳六月の兵部大輔任官から、同年天平宝字元年十二月右中弁任官までの間となる。設定としては初出版の方がふさわしい。ところが、第九章で、家持は「八年前、越中国から

がしてならない。其中此針の筵の上で、兵部少輔から、大輔に昇進した※6。そのことすら、益々脅迫感を強める方にばかりはたらいた。

今年五月にもなれば、東大寺の四天王像の開眼※7が行はれる筈で、奈良の都の貴族たちには、寺から特別に内見を願つて来て居た。さうして忙しい世の中にも、暫らくはその評判が、すべてのいざこざをおし鎮める程に、人の心を和やかにした。本朝出来の像としては、まづ此程物凄い天部※8の姿を拝んだことは、はじめてだと言ふものもあつた。神代の荒神たちもこんな形相※9であつたらうと言ふ噂も聞かれた。

まだ公の供養もすまないのに、人の口はうるさいほど、頻繁に流説をふり蒔いてゐた。あの多聞天と広目天※10との顔つきに思ひ当るものがないかと言ふのであつた。此はこゝだけの咄だよと言つて話したのが、次第に拡まつて、家持の耳までも聞えて来た。なるほど、憤怒の相もすさまじいにはすさまじいが、あれがどうも、当今大和一だと言はれる男たちの顔そのまゝだと言ふのである。

多聞天は、紫微内相藤原中卿※11だ。あの柔和な、五十を越してもまだ三十代の美しさを失はないあの方が、近頃おこりつぽくなつて、よく下官や、仕へ人を叱るやうになつた。あの※12円満し人が、どうしてこんな顔つきになるだらうと思

帰つた」と回想している。帰京は天平勝宝三年〈七五一〉七月である。それから足かけ八年後は天平宝字二年〈七五八〉である。その年六月に因幡守に任官している。万葉集巻二十巻末歌の一つ前の歌（20・四五一五）に、二年七月五日に大原真人宅で家持の餞宴が開かれた折の家持歌が載る。六月任官からそれほど日を措かずに赴任したであろう。仲麻呂の称を取れば、この年は天平宝字二年となり、家持に即せば元年となる。内相、紫微台、兵部大輔が辻褄の合う初出版から齟齬の見られる〈全〉への変更は、恐らくは仲麻呂が最も勢力を振るった時期の称ということもあろうか。天平宝字二年の時点で仲麻呂と家持に親交のあったことは、巻二十の家持餞宴の歌の直前に二月十日内相（この月はまだ内相）宅における渤海大使餞宴の折の家持の未誦歌（披露しなかった歌）が載ることから推定できるが、未誦というところに関係の微妙さが窺える。解説↓一六一頁

12　あの―〈底〉「ある」誤。

はれる表情をすることがある。其面（おも）もちそつくりだ、と尤もらしい言ひ分なのである。

さう言へばあの方が壮盛り（わかざかり）に、矛使（ほこゆ）けを嗜（この）んで、今にも事あれかしと謂つた顔で、立派な甲（よろひ）をつけて、のつし〳〵と長い物を杖（つ）いて歩いたお姿が、ちらつくやうだなど〻、相槌をうつ者も出て来た。

其では、広目天の方はと言ふと、

　さあ、其がの

と誰に言はせても、言ひ渋るやうな、ちよつと困つた顔をして見せる。

実は、ほんの人の噂だがの。噂だから、保証は出来ないがの。義淵僧正の弟子の道鏡法師※1に似てるがやと言ふぞな。‥‥※2けど、他人（ひと）に言はせると、―あれはもう十七年にもなるかいや―筑紫で伐たれなさつた前大宰少弐（ぜんだざいのせうに）―藤原広嗣※3―の殿（との）に生写（しやううつ）しぢやと言ふがいよ。

わしにも、どちらかと言へんがの。どうでも、見たことのあるお人に似て居さつせることは似て居るげなが‥‥。

何しろ此二つの天部（てんぶ）が、互に敵視するやうな目つきで睨みあつて居る。噂を気にした住侶たちが、色々に置き替へて見たが、どの隅からでも相手の姿を眦（まなじり）を裂

1　道鏡―生年未詳、俗姓は弓削連。『続日本紀』宝亀三年四月死去の記事に続いて伝記の概略が記される。梵文、サンスクリット文に通じ、仏道修行で聞こえていたことをもって、宮中内の仏教道場で禅師となる。天平宝字五年〈七六一〉、孝謙上皇に従って近江に行き、当地で上皇の病を看たことから、寵愛され、天平宝字八年〈七六四〉、仲麻呂が謀反を企て失敗の後誅殺されてからは、太政大臣禅師となり、更には法王として、天皇に次ぐ特別の位置に立った。しかし、道鏡を天皇に即位させるという宇佐八幡宮の神託が、和気清麻呂によって虚偽と断じられ、称徳（孝謙）天皇崩御と共に失脚し、下野国造薬師寺別当に左遷され、そこで死去、庶人と扱われ、『続紀』には「死」と記されている。義淵僧正は、神亀五年〈七二八〉没。幼少時天智天皇に愛でられたと伝える（元亨釋書）。道鏡とは年齢が離れていて、師事の伝承は疑わしいか（角川注）。

いて見つめて居る。とう〳〵あきらめて、自然にとり沙汰の消えるのを待つより為方がないと思ふやうになつた。

若しや、天下に大乱でも起らなければえゝが。

こんな咡※4きは、何時までも続きさうに、時と共に倦まずに語られた。

前少弐卿でなくて、弓削新発意※5の方であつてくれゝば、いつそ安心だがなあ。

あれなら、事を起しさうな房主でもなし。起したくても起せる身分でもないぢやて……。

言ひたい傍題な事を言つて居る人々も、たつた此一つの話題を持ちあぐね初めた頃、噂の中の紫微内相藤原仲麻呂の姪の横佩家の郎女が、神隠しに遭つたと言ふ、人の口の端に旋風を起すやうな事件が湧き上つたのである。

四　―その三―

兵部大輔大伴ノ家持は、偶然この噂を、極めて早く耳にした。ちようど春分から二日目の朝、朱雀大路を南へ、馬をやつて居た。二人ばかりの資人が、徒歩で驚くばかり足早について行く。此は晉唐の新しい文学の影響を受け過ぎるほど享け

2　〈底〉「‥」一字分脱。

3　前大宰少弐藤原広嗣―式家宇合の長男として生まれ、天平九年疫病で死去した宇合の後を継ぎ、翌十年〈七三八〉大養徳（大和）守に任ぜられたが、讒言を問われて同年大宰少弐に左遷、その後反乱（広嗣の乱）を起こし、九州一円を巻き込む大乱となったが、最後は朝廷軍に敗北した。敗北後東シナ海に逃げ延びたが、嵐に遭って筑紫に漂着、斬殺された。

4　咡―「咡ジ」は、口先の意、ここは国訓「ささやく」に読む。

5　弓削新発意―新発意は、新たに仏道に入るために出家した人。弓削と俗世姓が付けられているので、道鏡を指す。

四　―その三―

入れた文人かたぎの彼には、数年来珍しくもなくなつた癖である。かうして何処まで行くのだらう。唯、朱雀の並み木の柳の花がほけて、霞のやうに飛んで居た。向うには、低い山と狭い野が、のどかに陽炎（かげろ）ふばかりであつた。

資人の一人が、とつとと追ひついて来たと思ふと、主人の鞍に胸をおしつける様にして、新しい耳を聞かした。今行きすがうた知り人の口から聞いたばかりの噂である。

それで、何かの・・・・。娘御の行くへは知れたと言ふのか。

はい・・・・。いゝえ。何分、その男がとり急いで居りまして。

間抜けめ。話はもつと上手に聴くものだ。

柔らかく叱つた。そこへ、今（も）一人の伴（とも）が追ひついて来た。息をきらしてゐる。

ふん。汝（わけ）※1は聞き出したね。南家（なんけ）の嬢子（をとめ）はどうなつた。

出鼻を油かけられた資人（とねり）は、表情に隠さず心の中を表した此頃の人の自由な咄し方で、まともに鼻を蠢して語つた。

当麻までをとゝひの夜（よ）の中に行つて居たこと。寺からは昨日午後、横佩家へ知らせが届いたこと。其外には、何も聞きこむ間がなかつた。

家持の聯想は、環のやうに繋つて、暫らくは馬の上から見る、街路も、人通りも、

1　汝（わけ）―こいつめというように、相手を罵り卑しんでいう語で、二人称代名詞としても用いられた万葉語。訓字「戯奴」があてられている（8・一四六〇）。

2　久須麻呂（くすまろ）―仲麻呂の第三子、仲麻呂の挙兵の際、中宮院の鈴印（公印）を奪おうとして射殺された。もと浄弁を名告っていたが、天平宝字二年八月以降久須麻呂を名告る。この春にはまだ久須麻呂ではなかったが、ここでは広く知られた名を用いている。

3　娘に代つて返し歌を作って―万葉集巻四に家持と久須麻呂の贈答歌が七首載る。巻四の配列から考えて、天平十八年、家持越中守

唯、物として通り過ぎるだけであつた。

南家で持つて居た藤原の氏の上職(かみ)が、兄の家から弟仲麻呂の方へ移らうとしてゐる。来年か、再来年の枚岡(ひらをか)祭りに、参向する氏人の長者は、自然紫微内相のほか人がなくなつて居る。紫微内相からは、嫡子久須麻呂(くすまろ)※2の為、自分の家の第一嬢子をくれとせがまれて居て、先日も久須麻呂の名の歌が届き、自分の方でも、娘に代つて返し歌を作つて※3遣はした。又折り返して、男からの懸想文(けさうぶみ)が来てゐる。

その婿候補(むこがね)の父なる人は、五十になつても、若かつた頃の容色を頼む心が失せないでゐて、兄の家娘に執心を持つて居るが、如何に何でも、あの姫だけにはとりつげないで居る。此は、横佩家へも出入し、大伴家へも初中終(しよつちゆう)※4来る古刀自(ふるとじ)の人のわるい内証話であつた。其を聞いて後、家持自身も、何だか好奇心に似たものが、どうかすると頭を擡げ(もちや)※5て来てゐる。仲麻呂は今年、五十を出てゐる。其から見れば、十も若いおれなどは、まう一度、思ひ出に此匂(にほ)ひやかな貌花(かほばな)を、垣内(かきつ)の苑に移せない限りはない。こんな当時の男が皆持つた誇りに、心をはなやがして居た。

だが併し、あの郎女は、藤原南家で一番神(かむ)さびたたちを持つて生まれたと謂は

赴任の前となる。久須麻呂は十五歳前後と判断される。家持はおそらく三十前の年齢で、その娘はおそらく巻三の「亡妾挽歌」に歌われる遺児かと推測される。女児であったか。幼い娘を引き取ったことが人の噂になっていることを寓するかと見られる一首（4・七八八）からすると、妾の連れ子であったか。ここではそれを十二年後のこととしている。久須麻呂の年齢としてはふさわしい。

4　初中終―「しょっちゅう」は「初中」と当てるのが通常で、仮名遣いは「しょちう」。あるいは「初中後」(はじめからおわりまで)と混同したものか。〈全〉ルビ「シヨツチユウ」。

5　擡げ(もちや)―「持ち上げる」の変化した近世語。

れた娘御である。今枚岡(ひらをか)の御神(おんかみ)に仕へて居る斎(いつ)き姫(ひめ)の罷める時が来ると、あの嬢子(をとめ)※1が替つて立つ筈だ。其で、貴い処からのお召しにも応じかねて居るのだ。……結局誰も彼も、あきらめねばならぬ時が来るのだ。神の物は神の物だ。横佩家の娘御は、神の手に落ちつくのだらう。

ほのかな※2感傷が、家持の心を浄めて過ぎた。おれは、どうもあきらめがよ過ぎる。十代の若さで、母は死に、父は疾んで※3居る大宰府へ降つて、早くから、海の彼方(あなた)の作り物語や、唐詩(もろこしうた)のをかしさを知り初(そ)めたのが、病みつきになつたのだ。死んだ父も、さうした物は或は、おれより嗜きだつたかも知れないほどだつたが、もつと物に執著(しふぢやく)※4が深かつた。現に大伴の家の行くすゑの事なども、父はあれまで心を悩まして居た。おれも考へればたまらなくなつて来る。其で、氏人を集めて喩したり、歌を作つて呼号したりする※5。だがさうした後の気持ちの爽やかさはどうしたことだ。洗ひ去られた様に、心がすつとしてしまふのだつた※6。まるで、初めから家の事など考へて居なかつた、とおなじすが〱しい心になつてしまふのだ。

あきらめと言ふ事を知らなかつた人ばかりではないか。……昔物語に語られる神でも、人でも、傑れたと伝へられるだけの方々は……。それに、おれはどうして

1　嬢子(をとめ)―〈底〉ルビ「おとめ」誤。
2　ほのかな―〈底〉「ほのから」誤。
3　疾―「やんで」と読む。旅人が大宰府で足を痛めた（4・五六七左注）ことを指すか、あるいはうれえるの意か。
4　著(ちやく)―〈底〉ルビ「ちやく」誤。
5　氏人を集めて諭したり、歌を作つて呼号したりする―「喩族歌」(20・四四六五〜六七)をふまえる。
6　心がすつとしてしまふのだつた―万葉集巻十九末の左注に示される、歌でないと痛む心が晴らせないという家持の文学観に対応している。

かうだ。

家持の心は併し、こんなに悔恨と同じ心持ちに沈んで居るに繋らず、段々気にかゝるものが薄らぎ出して来てゐる。

ほう、これは京極（きやうはて）[※7]まで来た。

朱雀大路（おほぢ）も、こゝまで来ると、縦横に通る地割りの太い路筋ばかりが、白々として居て、どの区画にも〳〵、家は建つて居ない。去年の草の立ち枯れたのと、今年生えて稍茎を張り初めたのとがまじりあつて、屋敷地から喰み出し、[※8]道の上にまで延びて居る。

こんな家が‥‥。

驚いたことは、そんな雑草原の中に、唯一つ大きな構への家が、建ちかゝつて居る。遅い朝を、もう余程、今日の為事に這入つたらしい木の道の者[※9]たちが、骨組みばかりの家の中で立ちはたらいて居るのが見える。

家の建たぬ前に、既に屋敷廻りの地形（ちぎやう）が出来て、見た目にもさつぱりと、垣をとり廻して居る。

土を積んで、石に代へた垣、此頃言ひ出した築土垣（つきひぢがき）[※10]といふのが此だなと思つて、ぢつと目をつけて居た。見る〳〵、さうした新しい好尚（このみ）のおもしろさが、家持の

7　京極（きやうはて）―平城京の東西南北の最端、ここは南九条、ただし最近十条跡が発掘されつつある。↓解説一五七頁

8　〈底〉読点脱。

9　木の道の者―大工、指物師など木工職人。

10　築土垣（つきひぢがき）―板で両脇を固定して中に土を突き固めて作った垣。法隆寺など寺院に見られる。

心を奪つた。
築土垣(つきひぢがき)の処々に、きりあけた口があつて、其に門が出来て居た。さうして、其処から、頻りに人が繋つては出て来て、石を曳く、木を持つ、土を搬び入れる。重苦しい石城(しき)※1。懐しい昔構へ。今も家持のなくしともなく※2考へてゐる屋敷廻りの石垣が、思うてもたまらぬ重圧となつて、彼の胸にもたれかゝつて来るのを感じた。

　おれには、だがこの築土垣を扤(と)ることが出来ない。

家持の乗馬(め)は再憂鬱に閉された主人を背に、引き返して、五条まで上(あが)つて来た。※3此辺から左京の方へ※4折れこんで、坊角(まちかど)※5を廻りくねりして行く様子は、此主人に馴れた資人(とねり)たちにも、胸の測られぬ気を起させた。二人は時々顔を見合せ、目くはせ※6をし乍ら、尚了解が出来ぬと言ふやうな表情を交(かは)し乍ら、馬の後を走つて行く。

　こんなにも、変つて居たのかねえ。

ある坊角(まちかど)に来た時、馬をぴたと止めて、独り言のやうに言つた。

……旧草(ふる)に、新草(にひ)まじり、生(お)ひば、生ふるかに――だな。※7

近頃見出した歌儛所(かぶしよ)の古記録「東歌(あづまうた)」の中に見た一首がふと、此時、彼の言ひた

1　石城(しき)―シキのルビは、この石垣が古い磯城を指すことを示す。枕詞「ももしきの」が大宮所に掛かるから、藤原宮や平城宮には石造りの垣があったと思われるが、京域の屋敷にあったかどうかは定かでない。家持が新しい築地垣を採用するわけにいかないと考えているのは、彼が古い体制を守らねばならない立場にあると考えているからであろう。↓解説一七〇頁

2　なくしともなく―「なくしたうもなく」のことか。〈全〉は「なくなしたくなく」とする。

3　〈底〉一時下ゲ、誤。

4　左京の方へ―〈底〉「右京」、ここは左京の南家の方へ向かっているので改める。

5　坊角(まちかど)―平城京は東西の道を条、南北の道を坊と称した。坊角は東西から南北に曲がる角となる。

い気持ちを代作して居てくれたやうな気がした。

さうだ。「おもしろき野(ぬ)をば勿(な)焼きそ・・・」だ。此でよいのだ。

けげんな顔をふり仰(あふむ)けてゐる伴人(ともびと)らに、柔和な笑顔を向けた。

さうは思はぬか。立ち朽りになつた家の間に、どし〳〵新しい屋敷が建つて行く。都は何時までも、家は建て詰まぬが、※8其でもどちらかと謂へば、減るよりも殖えて行つてる。此辺は以前今頃は、蛙の沢山に鳴く田の原が続いてたもんだ。

仰るとほりで御座ります。春は蛙、夏は稲虫、秋は蝗まろ。此辺はとても歩けたところでは御座りませんでした。

今一人が言ふ。

建つ家も〳〵、この立派さはどうで御座りませう。其に、どれも此も、此頃急にはやり出した築土垣(つきひぢがき)を築(きづ)きまはしまして。何となく、以前とはすつかり変つた処に参つた気が致します。

馬上の主人も、今まで其ばかり考へて居た所であつた。だが彼の心は、瞬間明るくなつて、去年六月、三形王のお屋敷での宴(うたげ)に誦(くちずさ)んだ即興が、その時よりも、今はつきりと内容を持つて、心に浮んで来た。

---

6 〈底〉は「目くはせ」、〈全〉は「目くばせ」とするが、「眴　メクハス、メクハセ」(色葉字類抄)によりママとする。目で合図すること。

7 「旧(ふる)草に」の歌―「おもしろき野をばな焼きそ古草に新草交じり生ひは生ふるがに」(14・三四五二)という東歌の国名不明な雑歌の一首を指す。折口は、この歌に新旧交じり合う都の風景を寓させている。もともと『伊勢物語』(十二段)の「武蔵野は今日はな焼きそ若草のつまもこもれりわれもこもれり」に共通する物語的背景をもつかと想像される。

8 〈底〉読点脱。

うつり行く時見る毎に、心疼（いた）く　昔の人し思ほゆるかも※1

目をあげると、東の方春日の杜（もり）は家陰になつて、こゝからは見えないが、御蓋（みかさ）山・高円（たかまと）山※2一帯、頂きが晴れて、すばらしい春日和になつて居た。あきらめがさせるのどけさなのだと、すぐ気がついた。でも、彼の心のふさぎのむしは痕を潜めて、唯、まるで今歩いてゐるのが、大日本平城（おほやまとへいじやう）※3京でなく、大（だい）唐（たう）の長安の大道でゞもある様な錯覚が押へきれない。此馬がもつと毛並みのよい純白の馬で、跨つて居る自身も亦、若々しい二十代の貴公子の気がして来る。神々から引きついで来た重苦しい家の歴史だの、夥しい数の氏人などから、すつかり截り離されて、自由な身空にかけつて居る自分だと言ふ、豊かな心持ちが、暫らくは払つても〱消えて行かなかつた。

おれは若くもなし、第一、海東の大日本人（おほやまとびと）である。おれには憂欝な家職がひし〱と肩のつまるほどかゝつて居るのだ。こんなことを考へて見ると、寂しくてはかない気もするが、すぐに其は、自身と関係のないことのやうに、心は賑はしく和いで来て為方がなかつた。

をい。おまへたち。大伴の家も、築土垣を引き廻さうかな。

とんでもない仰せで御座ります。

1　「うつり行く」の歌―「移り行く時見るごとに心痛く昔の人し思ほゆるかも」（20・四四八三家持「勝宝九歳、六月二十三日に大監物三形王の宅にして宴する歌一首」）を指す。「昔の人」は、一般的に家持と同様、政治的鬱屈をもった旅人か橘諸兄かとされるが、折口は単に「昔なじみの人々」と解している（口訳）ので、懐かしい人たちを回想していると理解する。

2　高円（たかまと）山―〈底〉「円」のルビ「まど」とするが、万葉集に「多可麻刀」（20・四五〇四）と、トが清音表記されているのでそれに従う。

3　平城（へいじやう）―〈底〉ルビ「へいせい」、改める。

二人の声がおなじ感情で迸り出た。

年の増した方の一人が、切実な胸を告白するやうに言つた。

私どもは、御譜第では御座りません。でも、大伴と言ふお名は、御門(みかど)・御垣(みかき)と関係深い称へだと承つて居ります。大伴家から、門垣を今様にする事になつて御覧なさりませ。御一族の末々まで、あなた様をお呪(のろ)ひ申し上げることでせう。其どころでは御座りません。第一、ほかの氏々が、大伴家よりも、ぐんと歴史の新しい――人の世になつて初まつた家々の氏人までが、御一族を蔑(ないがしろ)に致すことになりませう。

こんな事を言はして置くと、折角澄みかゝつた心も、又曇つて来さうな気がする。

家持は忙てゝ、資人の口を緘(と)めた。

うるさいぞ。誰に言ふ語だと思うて、言うて居るのだ。よさないか。雑談(ざふだん)だ※4。雑談を真に受ける奴があるものか。

馬はやつぱり、しつとしつと、歩いて居た。築土垣、築土垣又、築土※5垣。こんなに、何時の間に、家構へが替つて居たのだらう。家持は、なんだか、晩(おそ)かれ早かれ、ありさうな気のする次の都――どうやらかう、もつとおつぴらいた平野の中の新(しん)京城(けいじやう)※6に来てゐるのでないかと言ふ気も、ふとしたさうなのを※7、危く喰ひと

4　雑談(ざふだん)―〈底〉「雑」のルビ「じやう」、「雑」の字音はザフ、また「冗」ならジヨウ。ザフダンと振って、冗談の意味で使われていると解する。

5　築土―〈底〉「築地」、他の箇所に合わせる。

6　平野の中の新京城(しんけいじやう)―家持の空想が次の時代を先取りして、新京城つまり平安京に及びかかっていると示唆する。

7　ふとしたさうなのを―ふとした様子ということの口頭語的言い回し。〈全〉「ふとしかかったのを」。

めた。

築土垣、築土垣。もう彼の心は動かなくなつた。唯、よいとする気持ちと、いけないと思はうとする意思との間に、気分だけがあちら※1へ依り、こちらへ依りしてゐるだけであつた。

何時の間にか、平群(へぐり)の丘や、色々な塔を持つた京西(きやうにし)の寺々の見渡される町尻※2へ来て居ることに気がついた。

これは〳〵。まだ少しは残つてゐるぞ。

珍しい発見をしたやうに、彼は馬から身を翻(かへ)しておりた。二人の資人はすぐ馳け寄つて手綱を控へた。

家持は、門と門との間に、細かい柵をし囲らし、目隠しに枳殻(からたちばな)の藪を作つた家の外構への一個処に、まだ石城(しき)が可なり広く、人丈にあまる程に築いてあるそばに、近寄つて行つた。

荒れては居るが、こゝは横佩垣内(よこはきかきつ)だ。

さう言つて、暫らく息を詰めるやうにして、石垣の荒い面を見入つて居た。

さうに御座ります。此石城(しき)からしてついた名の横佩垣内だと申して、せめて一ところだけはと、強ひてとり毀たないとか申します。何分、帥(そち)※3の殿(との)のお

1　あちら―〈底〉「あらう」誤。

2　平群(へぐり)の丘……見渡される町尻―著者は郎女の南家の横佩垣内を「奈良東城の右京二条第七坊」に想定している。ここは平城京の左京外京の東の端に当たる。そこから東に、現在の興福寺の北、登大路のあたりの少し高くなったところから西を見渡すという想定である。↓解説一五七頁

3　帥(そち)―ルビ〈底〉のママ。作者は「帥」をソツと振るのが通常（角川注）だとされるが、初出の版では慣用音「そち」と振ってある。ここは大宰員外帥豊成。

都入りまでは、何としても此儘で置くので御座りませう。さやうに、人が申します。はい。

何時の間にか、二条七坊※4まで来てしまつたのである。

※5おれは、こんな処へ来ようと言ふ考へはなかつたのに。※6・・・・。だが、「やつぱり、おれにまだ〳〵※7若い色好みの心が失せないで居るぞ」何だか自分で自分をなだめる様な、反省らしいものが起つて来た。

其にしても、静か過ぎるぢやないか。

さやうで。で御座りますが、郎女のお行くへも知れ、乳母（おも）もそちらへ行つたとか、今も人が申しましたから、落ちついたので御座りませう。

詮索ずきさうな顔をした若い方が、口を出す。

いえ。第一、こんな場合は騒ぐといけません。騒ぎにつけこんで、悪い霊（たま）※8が、うよ〳〵とつめかけて来るもので御座ります。この御館（みたち）も、古いおところだけに、心得のある長老（おとな）の、一人や、二人は筑紫へ下らずに残つて居るので御座りませう。

さうか。では戻らう。

4　二条七坊―〈底〉「三条」誤。第一章に南家の所在地を「左京二条七坊」とあるのに合わせる。↓解説一五六頁

5　ここから三行、家持の内言語と扱う〈全〉に合わせる。〈底〉一行目一字下ゲ。

6　〈底〉句点ナシ。〈全〉による。

7　〈底〉おどり字の濁点ナシ。

8　悪い霊（たま）―〈底〉「たま」のルビ「悪」に、誤。

五

をとめの閨戸（ねやど）をおとなふ風（ふう）は、何も珍しげのない国中の為来り（しきたり）であつた。だが其にも、曾てはさうした風の一切行はれて居なかつたことを主張する村々があつた。何時のほどにかさうした村が、古い為来りを他村の、別々に守られて来た風習とふり替へることになつたのである。

かき昇る段になれば、何の雑作（ざふさ）もない石城（しき）だけれど、あれを大昔からとり廻して居た村と、さうでない村とがあつた。こんな風にしかつめらしい説明をする宿老（とね）たちが、どうかすると居る。多分やはり、語部（かたりべ）などの昔語りから来た話なのであらう。踏み越えても這入れさうに見える石垣※1だけれど、大昔の約束で、目に見えぬ鬼神（もの）から人間に到るまで、あれが形だけでもある限り、入りこまないことにした。こんな誓ひが人の鬼（もの）との間にあつた後、村々の人は、石城（しき）の中に晏如として眠ることが出来る様になつた。さうでない村々では、何者でも垣を躍り越えて這入つて来る。其は、別の何かの為方（しかた）で防ぐ外はなかつた。だから、唯の夜だけでも、村なかの男は何の憚りなく、垣を踏み凌いで処女の閨の戸をほと〳〵と

五

1　石垣―〈底〉「畳」誤、〈全〉「垣」による。

2　処女に会はうとした神様―該当する伝承、未詳。〈全〉では神の所行とはされない。

3　鬼神（もの）―「もの」とルビを振られるのは、前節の「霊」とこの「鬼神」、すぐ後の「鬼」。

叩く。
石城を囲うた村には、そんなことはもうなかつた。だから美し女の居る家へは、奴隷の様にして這入りこんだ人もある。娘の父にこき使はれて、三年五年その内に、処女に会はうとした神様の話※2すらもあるくらゐだ。石城を掘り崩すのは、何処からでも鬼神※3に入りこんで来いと呼びかけることに当る。京の年よりにもあつたし、田舎の村々では、之を言ひ立てにちつとでも、石城を残して置かうと争うた人々が多かつた。

さう言ふ村々では、実例として恐しい證拠を挙げた。先年―天平六年―厳命が降つて※4、何事も命令のはか〲しく行はれないのは、朝臣が先つて行はないからである。汝等、天下百姓より進んで、石城を毀つて、新京の時世装に叶うた家作りに改めよと仰せられた。藤氏四流の如き、今に旧態を易へ※5ざるは、最其位に在るを顧ざるものだとお咎めがあつた。此時一度、凡石城はとり毀たれたのである。ところが其と時を同じくして、疱瘡※6がはやり出した。越えて翌年、益盛んになつて南家・北家・京家すべてばた〲と主人からまづ此時疫に亡くなつた。家に防ぐ筈の石城が失せたからである。其でまたぼつ〲とり壊した家も、旧に戻したりしたことであつた。

4　天平六年の厳命―『続紀』に該当する記事を見ない。〈全〉は天平八年とするが、これも該当なし。

5　易へ―〈底〉ルビ「い」誤。

6　疱瘡―天然痘、また天然痘のあとのあばた面。「疱瘡　此間云、毛加佐」（和名抄）。「Mogasa 天然痘、Mogasazzura（疱瘡面）あばたのある顔」（日葡）。天平九年〈七三七〉の天然痘は猖獗を極め、廟堂つまり王権中枢の大方が感染、病死した。藤原四家の当主たちも全て死亡した。まず四月十七日に参議房前（北家）が、七月十三日に参議麻呂（京家）が、その明後日七月十五日に右大臣武智麻呂（南家）が、八月五日に参議宇合（式家）が、それぞれ病死した。武智麻呂は死の直前に正一位左大臣を拝命したが、これを境に、南家は仲麻呂を中心とした転変の時期を迎える。

こんな畏しい事も、あつて過ぎた夢だ。がまだ、まざ〳〵と、人の心には焼きついて離れない。

其は其として、昔から家の娘を守つた村々は、段々えたいの知れぬ村の風に感染(かま)けて、忍び夫(づま)の手に任せ傍題(はうだい)にしようとしてゐる。此は、さうした求婚(つまどひ)の風を伝へなかつた氏々の間では、忍び難いことであつた。其でも男たちは、のどかな風俗を喜んで何とも思はなくなつた。が、家庭の中では、母・妻・乳母(おも)たちが、今にいきり立つて、さうした風儀になつて行く世間を呪ひやめなかつた。

手近いところで言つても、大伴にせよ、藤原にせよ、[※1]さう謂ふ妻どひの式はなくて、数十代、宮廷をめぐつて仕へて来た村々のあるじの家筋だつた。

でも何時か、さうした氏々の間にも、妻迎への式には、

八千矛の神のみことは、とほぐ〳〵し高志(こし)の国に美し女(くはしめ)をありと聞かして、賢し(さかし)

女(め)をありと聞こして……

から謡ひ起す神語歌(かみがたりうた)[※2]を、語部に歌はせる風が、次第にひろまつて来てゐた。

南家の郎女(いらつめ)にも、さう言ふ妻覓(つまま)ぎ人が―いや人群(ひとむれ)が、とりまいて居た。唯、あの形式だけ残された石城(しき)の為に、何だか屋敷へ入ることが、物忌み―たぶう[※3]―

1　〈底〉句点、読点の誤。

2　八千矛の神のみことは―古事記上巻「神語」の歌の冒頭、八千矛の神（大国主神）が高志の国の沼河比売を妻問う内容（記2）。

3　たぶう―禁忌を意味する英語taboo を平仮名表記したもの。いわゆるカタカナ語を平仮名表記するのは、折口の常套表現で、その語に際立ちを与える効果がある。

4危殆(ひあひ)―「ひあい」は、漢字で「非愛」と書いて、あぶなっかしいの意だが、それに「危殆キタイ（あやうくもろい）」をあてている。

を犯すやうな危殆（ひあひ）[※4]な心持ちで、誰も彼も、柵まで又門まで来ては、かいまみして帰るより外に、方法を見つけることが出来なかつた。通（かよ）はせ文（ぶみ）をおこすだけがせめてもの手段で、其さへ無事に、姫の手に届いて披見せられるやら、自信を持つことが出来なかつた。事実、大抵、女部屋の老女（とじ）たちが引つたくつて、渡させなかつた。さうした文のとりつぎをする若人（わかうど）―若女房―を呼びつけて、荒けなく叱つて居る事が、度々見受けられた。

其方（おもと）は、この姫様こそ、藤原の氏神にお仕へ遊ばす清らかな常処女（とこをとめ）と申すのだと言ふことを知らぬかえ。神の咎めを憚るがえゝ。宮からお召しになつてもふつによいおいらへを申しあげぬのも、そこがあるからとは考へつかぬげな。やくたい者め。とつと失せ居れ。そんな文とりついだ手を佐保川の一の瀬[※5]で浄めて来う。罰（ばち）知らずが……。

こんな風にわなり[※6]つけられた者は、併し、二人や三人ではなかつた。横佩家の女部屋に住んだり、通うたりする若人は、一人残らず一度は経験したことだと謂つても、うそではないのだ。

[※7]だが郎女は、そんな事があらうとも気がつかなかつた。

上つ方の姫御前が、才（ざえ）をお習ひ遊ばすと言ふことが御座りませうか。それは、

5　佐保川の一の瀬―佐保川は左京を流れる川で、南家の所在を二条七坊に想定しているので、京の中では比較的佐保川上流に位置していることになる。瀬は、川の浅い箇所で、歩いて渡ったり、生活に利用したりする。一の瀬というのだから、京では最も上流の瀬であろう。浄めという神事にはそこがふさわしい。〈全〉で率（いざ）川とするのは、南家の位置を三条三坊に変更したことと関わるか。率川は、春日山から猿沢の池近くを経て奈良町付近を流れていた。市街地部分は現在暗渠になっている。率川が特に祭祀に関わるという記録はないが、「はね縵今する妹をうら若みいざ率川の音のさやけさ」という万葉集歌（7・一一一二）のもつ清新なイメージによったか。

6　わなり―「わなる」は近世語、わめく、叫ぶの意。

7　〈底〉一字下ゲ、誤。

近来もつと下ざまのをなごの致すこと〻承ります。父君がどう仰らうとも、父御様のお語は御一代。お家の習はしは神さまの御意趣と思ひつかはされませ。氏の掟の前には、氏の上たる人の考へをすら、否みとほす事もある姥たちであつた。

其老女たちすら、郎女の天稟には舌を捲き出して居た。

もう自身たちが教へることはない。

かう思ひ出したのは、数年も前からである。内に居る身狭乳母※1・桃花鳥野乳母・波田坂上刀自※2、皆喜びと、不安とから出る歎息を洩し続けてゐる。時々伺ひに出る中臣志斐媼・三上水凝刀自女※3なども、来る毎に顔見合せてほつとした顔をする。どうしようと相談するやうな人たちではない。皆無言で、自分等の力の及ばぬ所まで来た姫の成長にあきれて、目を見はるばかりなのだ。

才を習ふなと言ふのなら、まだ聞きも知らぬこと教へて賜れ。

素直な郎女の語も、姥たちにとつては、骨を刺しとほされるやうな痛さであつた。

何を仰せられまする。以前から、何一つお教へなど申したことは御座りません。目下の者が、目上のお方さまに、お教へ申すと言ふやうな考へは、神様がお聞き届けになりません。教へる者は目上、教はる者は目下と、此が神の代からの

1　乳母―〈全〉はルビ「ちおも」と振るが、「おも」のままとする。

2　身狭乳母・桃花鳥野乳母・波田坂上刀自―身狭は畝傍山南一帯の地名、また身狭村主青に代表される渡来系の氏族名。青は雄略天皇に重用され、織物関係の物品の招来に貢献した。桃花鳥はトキ（朱鷺）のこと。ツキの読みは、日本書紀（宣化紀四年十一月）に「天皇を大倭国の身狭桃花鳥坂上陵に葬りまつる」とあり、「桃花鳥」の版本訓ツキ。『新撰字鏡』に、「鴇」他二字に「豆支」の訓がある。鴇はトキ、また『和名抄』（羽族）に「鴇音嘲、都岐、赤喙自呼之鳥也」とみえる。身狭も含めて、この三人の乳母・刀自は宣化陵の名称から発想された氏族名を冠されたものか（角川注）。

3　三上水凝刀自女―同じく架空の氏族名かと推定されるが、関連する項を欠く。「石（いし）凝（こ

掟で御座りまする。

志斐嫗の負け色を救ふ為に、身狭乳母も口を挿む。

唯、知つた事を申し上げるだけ。其を聞きながら、御心がお育ち遊ばす。さう思うて、姥たちは覚えただけの事は、姫御様のみ魂を揺る様にして、歌ひもし、語りもして参りました。教へたなど仰つては、私めらが罰を蒙らねばなりません。

こんなことをくり返して居る間に、刀自たちにも、自分らの持つ才能に対する単純な自覚が起つて来た。此は一層、郎女の望むまゝに、才を習した※4方がよいのではないかと言ふ気が、段々して来たのである。

まことに其為には、ゆくりない事が幾重にも重つて起つた。姫の帳台の後から、遠くに居る父の心尽しだつたと見えて、二巻の女手の写経らしい物が出て来た。姫にとつては、肉縁はないが、曾祖母に当る橘夫人の法華経※5、又其お腹に出でさせられた―筋から申せば大叔母にもお当りになる今の皇太后様の楽毅論※6。此二つが美々しい装ひで、棚を架いた上に載せてあつた。

横佩右大臣と謂はれた頃から、父は此二部を、自分の魂のやうに大事にして居た。ちよつと出る旅にも、大きやかな箱に納めて、一人分の資人に持たせて行つたも

り）姥（どめの）命（みこと）」（神代紀上）からの類推か。

4 習した―〈底〉「習はした」ルビなし、〈全〉による。

5 橘夫人の法華経―橘夫人は県犬養三千代、美努王（敏達玄孫）に嫁して葛城王（橘諸兄）らを生み、その後王の元を去って文武初年頃藤原不比等の室となり、安宿媛（光明子）を生んだ。和銅元年橘宿祢の姓を賜り、天平五年没後従一位を、また天平宝字四年正一位と大夫人の号を追贈された。浄御原京の時代から朝廷内部に勢力をもち、不比等の進出もその助力が大きな要素を成しているとされる。仏教に帰依し、法隆寺に橘夫人厨子が残る。「法華経」書写のことは、記録に見えないが、仏教帰依の事跡から想定されたもの。

6 皇太后様の楽毅論―東晉の王羲之筆とされる楷書の法帖。楽毅は、前三世紀、燕の将軍。光明皇后が書写したものが正倉院に残る。それが南家に所蔵されていたという想定である。

のである。其魂の書物を、姫の守りに留めて而も誰にも話さなかつたのである。さすがに我強(がづよ)い刀自たちも、此見覚えのある美しい箱が出て来た時には、暫らく撲たれたやうに顔を見合せて居た。さうして後(のち)、後(あと)で恥しからうことも忘れて、皆声をあげて泣いたのである。

郎女は父の心入れを聞いた。姥たちの見る目には、併し予期したやうな昂奮は認められなかつた。唯一途(づ)に素直に、心の底の美しさが匂ひ出たやうに、静かな美しい眼をして、人々の感激する様子を驚いたやうに見て居た。

其からは、此二つの女手(をみなで)の本(ほん)を一心に習ひとほした。一月も立たない中の事である。早く、此都に移つて居た飛鳥寺(あすかでら)※1から巻数(くわんず)が届けられた。其には、大宰府にある帥の殿の立願(りふぐわん)によつて、仏前に読誦した経文の名目が書き列ねてあつた。其に添へて一巻の縁起文が、此御館へ届けられたのである。

父藤原豊成朝臣、亡父贈太政大臣七年の忌み※2に当る日に志を発(おこ)して、書き綴つた「仏本伝来記」※3を、二年目の天平十八年に、元興寺(ぐわんこうじ)へ納めた。飛鳥以来、藤原氏とも関係の深かつた寺なり、本尊なのである。あらゆる念願と、報謝の心を籠めたものと言ふことは察せられる。其一巻が、どう言ふ事情か横佩家へ戻つて来たのである。

---

1 飛鳥寺(あすかでら)―蘇我馬子が推古四年〈五九六〉に創建した最初の本格的寺院。平城京遷都とともに京に移築され元興寺となった。しかし、鞍作止利作とされる釈迦如来像（飛鳥大仏）は、本元興寺と称された飛鳥の寺に残った。現在の飛鳥大仏は、火災にあった後、江戸時代になって補修されたもの。

2 贈太政大臣七年の忌み―武智麻呂は天平九年の薨、七年目は天平十五年。

3 仏本伝来記―「元興寺縁起」の別称、仏教伝来と元興寺の縁起を記し、藤原豊成の天平十八年の署名がある。

4 〈底〉句点ナシ。

5 数珠―〈底〉「珠数」、〈全〉も同じだが、一般的な語順に改める。

6 大日本日高見の国―日本国の美称、太陽が高く輝く国の意。「大倭日高見の国を安国と定めまつりて」（延喜式祝詞・六月の晦の大祓）。

7 諺(ことわざ)―〈底〉ルビ「ことわが」誤。

郎女の手に、此巻が渡つた時、姫は端近く膝行(ゐざ)り出て、元興寺の方を礼拝した。其後で、

筑紫は、どちらに当るかえ。[4]

と尋ねて、示す方角へ、活き〱した顔を向けた。其目からは、数珠[5]の水精(すゐしやう)のやうな涙が落ちた。

其からと云ふものは、来る日も〱此元興寺の縁起文を手写した。内典・外典其上に又、大日本(おほやまと)の人なる父の書いた文(もん)。指から腕、腕から胸、胸から又心へ、沁み〱と深く、魂を育てる智慧の這入つて行くのを覚えたのである。

大日本日高見(ひたかみ)の国[6]、国々に伝はるありとある歌諺(うたことわざ)[7]、又其旧辞(そのもとつごと)[8]、第一には、中臣の氏の神語り[9]、藤原の家の古物語[10]、多くの語り詞(ごと)を絶えては考へ継ぐ如く、語り進んでは途切れ勝ちに、呪々(のろ〱)しく、くね〱しく、独り語りする語部や、おもや[11]まゝたちの唱へる詞が、今更めて[12]寂しく胸に蘇つて来る。

をゝ、あれだけの習はしを覚えて此世に生きながらへて行かねばならぬ自身だつた。

[13]父に感謝し、次には尊い大叔母君、其から見ぬ世の曾祖母(おほおば)の尊に、何とお礼申してよいか量り知れないものが、心にたぐり上げて来た。

8　旧辞(もとつごと)―古事記序に帝紀と並んであげられる原資料だが、記紀から想像するしかない上古の伝説を集めたもの。

9　中臣の氏の神語り―「中臣の寿詞」(藤原頼長『台記』〈一一五五〉別記所収)を指す。

10　藤原の家の古物語―『藤氏家伝』を指す。『藤氏家伝』は、天平宝字年間の成立、とりわけ上巻は、藤原仲麻呂の編纂とされる。ここで郎女が『藤氏家伝』上巻を知ることは無理だが、そのもととなった伝承の類を考えることになる。

11　〈底〉「や」にも傍点、誤。

12　今更めて―〈全〉に「今更めいて」とあることからすると「い」脱かとも見えるが、「今あらためて」と読むものとする。

13　〈底〉一字下ゲ、誤。

だがまづ、父よりも誰よりも、御礼申すべきはみ仏である。この珍貴（うづ）※1の感覚（さとり）を授け給ふ、限り知られぬ愛（めぐ）みに充ちたよき人が、此世界の外に居られたのである。郎女は、塗香（づかう）※2をとり寄せて、まづ髪にふり濯ぎ、手に塗り、衣を薫るばかりに浄めた。

（つづく）

死者の書（終篇）

釋　迢空

六

ほゝき　ほゝきい　ほゝほきい。

きのふよりも、澄んだよい日になつた。春にしては、驚くばかり濃い日光が、地上にかつきりと、木草の影を落して居た。ほか〳〵した日よりなのに、其を見てゐると、どこか薄ら寒く感じるほどである。時々に過ぎる雲の翳りもなく、晴れきつた空だ。高原を拓いて、間引（まび）いた疎らな木原（こはら）の上には、もう沢山の羽虫が出て、のぼつたり降（さが）つたりして居る。たつた一羽の鶯が、よほど前から一処を移ら

1　珍貴（うづ）―〈底〉ルビ「ウヅ」。↓解説一五四頁

2　香（かう）―〈底〉ルビ「いう」誤。

六（終篇）

3　家の刀自―その家で万端取り仕切る女性、主の妻とは限らない。「婦」が負うの「負」に通じ、その異体字を解字して「刀自」と当てた。

4　出雲ノ宿祢の分れの家の嬢子（をとめ）―『出雲国風土記』嶋根郡法吉郷に、「神魂命（かむむすひのみこと）の御子（みこ）、宇武加比売命（うむかひめのみこと）、法吉鳥（ほほきどり）と化（な）りて飛び度（わた）り、此処（ここ）に静（しづ）まり坐（ま）しき。故（かれ）、法吉（ほほき）といふ」とみえる伝説を参照し、また「多くの男の寄つて来るのを煩はしがつて、身をよけよけして、何時か山の林の中に分け入つた」というのは、万葉集巻十六冒頭の桜児が二人の壮士に求められ、思い悩んだあげく、林中に経死するという伝説に寄せている。なお「法」は呉音ホフ、ホホのよみはそれの転。後段で「法喜」の字を当てている。

ずに、鳴き続けてゐるのだ。
家の刀自（とじ）※3たちが、物語る口癖を、さつきから思ひ出して居た。出雲ノ宿祢の分れの家の嬢子（をとめ）※4が、多くの男の寄つて来るのを煩はしがつて、身をよけよけして、何時か山の林の中に分け入つた。さうして其処で、まどろんでゐる中に、悠々（うらうら）と※5長い春の日が暮れてしまつた。嬢子は、家路と思ふ径をあちこち歩いて見た。脚は茨の棘にさゝれ、袖は木の楚（ずはえ）※6にひつぱられた。さうしてとう〱、里らしい家群（むら）の見える小高い岡の上に上つた時は、裳（も）も著物も裂けちぎれて居た。空には夕月が光りを増して来てゐる。嬢子はさくり上げて来る感情を声に出した。

　ほゝき　ほゝきい。

何時も、悲しい時に泣きあげて居た、あの声ではなかつた。「をゝ此身は」と思つた時に、自分の顔に触れた袖は、袖ではないものであつた。枯れ生（ふ）※7の冬草山の山肌の色をした小さな翼であつた。思ひがけない声を、尚も出し続けようとする口を、押へようとすると、自身すらいとほしんで居た柔らかな唇は、どこかへ行つてしまつて、替りにさゝやかな管のやうな喙※8が来てついて居る――。悲しいのか、せつないのか、何の考へさへもつかなかつた。唯身悶え※9をした。

5　悠々（うらうら）と―「うら〱」に悠々を当てるのは、次のように妥当である。『毛詩』（詩経）「小雅・車攻」に、狩猟の後のさまを歌って「蕭蕭として馬鳴き、悠々たる旆旌」とあり、旆旌ははた、悠々は集伝（朱子注）に「閑暇の貌」とあるように、のんびりしたさま、古典語のウラウラはその意。万葉集に「うらうらに照れる春日に〈宇良宇良尓〉ひばり上がり」（19・四二九二　家持）とある。なお、ウラウラトと使うのは平安朝以後の用法。

6　楚（ずはえ）―ズハエは、刑罰に使う杖や鞭をいう。『日本霊異記』上巻三十縁に、「毎（つね）に、九百段、鉄（くろがね）の鞭（すはゑ）もて打ち迫（せ）めらる」（興福寺本訓釈「鞭　須波恵」）とある。また『名義抄』に「楚　スハヘ、荊　スハエ」とある。第三音は古くはヱであったか。後世第一音節が濁音ズとなった。

7　枯れ生（ふ）―冬枯れの野。

8　喙―くちばし。

9　悶え―〈底〉「悶へ」、モダユはヤ行下二段活用。

すると、ふはりとからだは宙に浮き上つた。留めようと、袖をふれば振るほど、身は次第に、高く翔り昇つて行つた。月の照る空まで……。その後今(ご)に到るまで

ほゝき　ほゝきい　ほゝほきい。※1

と鳴いてゐるのだと、幼い耳に染(し)みつけられた物語の出雲の嬢子が、そのまゝ自分であるやうな気がして来る。

郎女は、徐(しづ)かに両袖(もろそで)を胸のあたりに重ねて見た。家に居る※2時よりは、萎(な)れ※3、皺立(しわだ)つてゐるが、小鳥の羽(はね)とはなつて居なかつた。手をあげて唇にさはつて見ると、喙でもなかつた。やつぱり、ほつとりとした、感触を指の腹に覚えた。

ほゝき鳥(どり)―鶯―になつて居た方がよかつた。昔語(むかしがたり)の嬢子は、男を避けて山の楚原(しもとはら)※4へ入り込んだ。さうして、飛ぶ鳥になつた。この身は、何とも知れぬ人の俤にあくがれ出て、鳥にもならずに、こゝにかうして居る。せめて蝶鳥(てふとり)※5にでもなれば、ひらく〳〵と空に舞ひのぼつて、あの山の頂に、俤をつきとめに行けるものを――。

ほゝき　ほゝきい。

自身の咽喉から出た声だと思つた。だがやはり、廬の外で鳴くのである。

郎女の心に、動き初めた叡(さと)い光りは消えなかつた。今まで手習した書巻の何処や

1　前頁から、この鳴き声にはすべて句点を付した。

2　居る―〈底〉「る」脱。

3　萎(な)れ―「萎」には「なれる」の意はない。〈全〉「褻（な）れ」だが、もと「萎(な)え」のつもりであったとも考えられる。

4　楚原―若い枝の茂った林、「弱木林(しもとはら)」（雄略即位前紀　前田本訓）。

5　蝶鳥(てふとり)―蝶や鳥、着物の柄の取り合わせとして対で用いられる。また軽くてすばやいものの例えとして一語で用いられる。

らに、どうやら、法喜と言ふ字のあつた気がする。法喜―飛ぶ鳥すらも、美しいみ仏の詞に感け(かま)※6て鳴くのではなからうか。さう思へば、この鶯も、

　ほゝき　ほゝきい。

嬉しさうな高音(たかね)を段々張つて来る。

物語する刀自たちの話でなく、若人(わかうど)らの言ふことは、時たま世の中の瑞々(みづ〳〵)しい語草を伝へて来た。奈良の家の女部屋(をんなべや)は、裏方五つ間(ま)を通した広いものであつた。郎女の帳台の立ち処(たど)を一番奥にして、四つの間に刀自若人凡三十人も居た。若人等は、この頃氏々の御館(みたち)ですることだと言つて、苑の池の蓮の茎を切つて来ては、藕糸(はすいと)を引く工夫に一心になつて居た。横佩家の池の面を埋めるほど、珠を捲いたり、解けたりした広い葉は、まばらになつて、水の反射が蔀を越して、女部屋まで来るばかりになつた。茎を折つては、繊維を引き出し、其片糸を幾筋も合はせては、糸に縒(よ)る。

郎女は、女たちの凝つている手芸を見て居る日もあつた。ぽつり〳〵切れてしまふ藕糸(はすいと)を、八合(やこ)・十二合(こ)・二十合(はたこ)に縒つて、根気よく細い綱の様にする。其を績(うみ)麻(を)の麻(を)ごけ※7に繋ぎためて行く。この御館(みたち)でも、蚕(かふこ)※8は飼つて居た。現に刀自たちは、夏は殊にせはしく、不機嫌(ふきげん)になつて居ることが多い。

6　感け(かま)―共感するの意。「中臣鎌子連、便ち遇(めぐ)まるるに感(かま)けて」（皇極紀三年正月　岩崎本訓）。

7　麻(を)ごけ―〈底〉ルビなし、「麻」に傍点。細く裂いた麻をつないで長くしたものを入れておく、薄い檜板で作った円筒形の器、ヲケとも。「（頭虱(かしらじらみ)は）をごけの蓋にて命終はる」（梁塵秘抄）。

8　蚕(かふこ)―カフコの語形は、「たらちねの母が飼ふ蚕の繭ごもり」（11・二四九五）などから連想された形。もとは単にコと称した。

刀自たちは、初めはそんな韓（から）の技人（てびと）のするやうな事はと、目もくれなかつた。だが時が立つと、段々興味を惹かれる様子が見えて来た。

こりあ、おもしろい。絹の糸と績（う）み麻（を）との間を行くやうな妙な糸の。此で、切れさへしなければなう。

かうして績（つむ）ぎ蓄（た）めた藕糸は、皆一纏めにして寺々に納入しようと言ふのである。寺には其々（それぐ）の技女（ぎぢよ）が居て、其糸で、唐土様（もろこしやう）と言ふよりも、天竺風な織物を織るのだと言ふ評判であつた。女たちは、唯功徳（くどく）の為に糸を績（つむ）いでゐる。其でも、其が幾かせ、幾たまと言ふ風に貯つて来ると、言ひ知れぬ愛著を覚えて居た。だが其が実際どんな織物になることやら、其処までは考へないで居た。

若人たちは、茎を折つては、巧みに糸を引き切らぬやうに、長く〱抽き出す。又其粘り気の少いさくい※1ものを、まるで絹糸を縒り合せるやうに手際よく糸にする間も、ちつとでも口やめる事なく、うき世語りなどをして居た。此は勿論、貴族の家庭では出来ない掟になつて居た。なつて居ても、物珍（ものめ）でする盛りの若人たちには、口を塞いで緘黙（しゞま）行を守ることは、死ぬよりもつらい行（ぎやう）であつた。刀自らの油断を見ては、ぼつぐ〱※2話をしてゐる。其きれぐ〱が、聞かうとも思はぬ郎女の耳にも、ぼつぐ〱と這入つて来勝（き）ちなのであつた。

1　さくい――「sacui　木などが硬くてぽきりと折りやすいこと」（日葡）。

2　〈底〉おどり字の濁点ナシ。次行も同じ。

鶯の鳴く声は、あれで法華経(ほけきやう)々々々と言ふのぢやさうな。

ほゝ、どうして、え。

天竺のみ仏は、をなごは助からぬものぢやと説かれ〳〵して来たがえ、其果てに、女(をなご)でも救ふ道※3を開かれた。其を説いたのが、法華経ぢやと言ふげな。

——こんなこと、をなごの身で言ふと、さかしがりよと思はうけれど、でも世間ではさう言ふもの。——

ぢやで、法華経々々と経の名を唱へるだけで、この世からあの世界への苦しみが助かるといの。

ほんにその、天竺のをなごの化(な)り変つたのがあの鳥で、み経の名を呼ばはるのかえ。

郎女は、此を小耳に挿んで後、何時までも其印象が消えて行かなかつた。その頃は、称讃(しようさん)※4浄土仏摂受経(じやうどぶつせふじゆきやう)を千部写さうとの願を発(おこ)して居た時であつた。其がはかどらない。何時までも進まない。茫とした耳に、此世話(よばなし)が紛れ入つて来たのである。

ふつと、こんな気がした。

ほゝき鳥は、先の世で、法華経手写の願を立てながら、え果たさいで、死にで

3　女(をなご)でも救ふ道—五障によって女の身では仏になれないとされたので、女人成仏の例として、法華経巻五提婆達多品に、八歳の竜女が男身となって南方世界に往生し成仏したという竜女成仏の譚がある。このあたりの会話には、芝居の台詞の口調が応用されている。

4　ここは〈底〉も「称讃」の語順。

もした、いとしい女子（をみなご）がなつたのではな※1からうか。

今若し自身も、千部に満たずにしまふやうなことがあつたら、魂（たま）は何になるやら。やつぱり鳥にでも生れて、切（せつ）なく鳴き続けることであらう。

つひしか、ものを考へた事もないあて人の郎女であつた。磨かれない智慧を抱いたまゝ、何も知らずに思はずに過ぎて行つた幾百年、幾万の貴い女性（によしやう）の間に、蓮（はちす）の花がぽつちりと莟を擡（もた）げたやうに、物を考へることを知り初（そ）めたのである。

をれよ。鶯よ。あな姦（かま）や。人に物思ひをつけくさる。

荒々しい声と一しよに、立つて表戸と直角（かね）※2になつた草壁の蔀戸（しとみど）をつきあげたのは、当麻語部（たぎまかたり）の嫗（おむな）である。北側に当るらしい其外側は、腮を圧するばかり、篠竹が繁つて居た。沢山の葉筋（はすぢ）が、日をすかして一時にきら〳〵と光つて見えた。

郎女は、暫らく幾本とも知れぬその光りの筋の、閃き過ぎたのを、瞼（まぶた）の裏に見つめて居た。をとゝひの日の入り方、山の端に見た輝きを思はずには居られなかつたからである。

また一時（いつとき）、廬堂（いほりだう）を廻つて音するものもなかつた。日は段々闌（た）けて、小昼（こびる）の温（ぬく）みが、ほの暗い郎女の居処にも、ほと〳〵と感じられて来た。

寺の奴（やつこ）が三四人先に立つて、僧綱が五六人、其に、所化たちの多くとり捲いた一

---

1 〈底〉は「からうか」が次の行頭だが、一字下ゲなし、誤。

2 直角（かね）―直線や直角をカネという。

群れが、廬へ来た。

　これが、古(ふる)山田寺だと申します。

勿体ぶつた、しわがれ声の一人が言つた。

　そんな事は、どうでも――。まづ郎女(いらつめ)さまを――。

嚙みつくやうにあせつて居る家長老(いへおとな)額田部子古(ぬかたべのこふる)のがなり声がした。

同時に、表戸は引き剥がされ、其に隣つた幾つかの竪薦(たつごも)※3を引きちぎる音がした。

づうと這入つて来た身狭(むさ)ノ乳母(おも)は、郎女の前に居たけを聳かして掩ひになつた。

外光の直射を防ぐ為と、一つは、男たちの前殊には、庶民の目に貴人(あてびと)の姿を暴(さら)す
まいとするのであらう。

伴(とも)に立つて来た家人(けにん)の一人が、大きな木の叉枝(またぶり)をへし折つて、之に旅用意の巻帛(まきぎぬ)

を幾垂れか結び下げて持つて来た。其を牀(ゆか)につきさして、即座の竪帷(たつばり)※4―几帳
―は調つた。乳母(おも)は、其前に座を占めて、何時までも動かなかつた。

七

怒りの滝のやうになつた額田部ノ子古は、奈良に還つて、公に訴へると言ひ出し

3　竪薦(たつごも)―〈底〉ルビ「たちごも」、正しくは「たつごも」「傅壁　釈名云、傅壁、漢語鈔云、防壁、多都古毛（たつごも）、以レ席傅ニ着於壁一也」。「席（しきもの）を以て壁に傅着（つ）くるなり」（和名抄）。

4　竪帷(たつばり)―「たつばり」は造語。

七

た。大和ノ国にも断つて、寺の奴原を逐ひ退けて貰ふとまで、いきまいた。紫微内相を頭(かしら)に、横佩家に深い筋合ひのある貴族たちの名をあげて、其方々からも、何分の御吟味を願はずには置かぬと、凄い顔をして住侶たちを脅かした。

郎女は貴族の姫で入らせられようが、寺の浄域を穢し、結界まで破られたからは、直にお還りになるやうには計はれない。寺の四至の境に在る所で、長期の物忌みして、贖(あがな)ひはして貰はねばならぬと、寺方も言ひ分を挽つこめなかつた。

理分にも非分にも、これまで南家の権勢でつき通して来た家長老等(おとな)にも、寺方の扱ひと言ふものゝ世間どほりにはいかぬ事が訣(わか)つて居た。乳母(おも)に相談かけても、一生さうした世事に与つた事のない此人は、そんな問題には、詮(かひ)ない唯の女性(によしやう)に過ぎなかつた。先刻(さつき)からまだ立ち去ら※1ずに居た当麻語部の嫗が、口を出した。

其は、寺方に理分が御座りまする。お随ひなされねばならぬ。

と言ひ出した。其を聞くと、身狭の乳母は、激しく田舎語部の老女を叱つた。男たちに、畳を持ちあげ、柱に縋る古婆(ふるばば)を摑み出させた。さうした威高さは、さすがに自(おのづか)ら備つてゐた。

何事も、この身などの考へではきめられぬ。帥(そち)の殿(との)に承らうにも、国遠し※2。まづ姑(しば)らく、郎女様のお心による外はないものと思ひまする。

1　去らず――〈底〉「去ちず」、誤。

2　帥(そち)の殿(との)に承らうにも、国遠し――父豊成は大宰府に居ることになつている。

其より外には、方もつかない。奈良の御館の人々と言つても、多くは此二人の意見を聞いてする人々である。よい思案を考へつきさうなものも居ない。大宰府へは直様使を立てることにして、とにもかくにも、当座は、姫の考へに任せようと言ふことになつた。

郎女様。如何お考へ遊ばしまする。おして奈良へ還れぬでも御座りませぬ。尤、寺方でも侍人や奴隷の人数を揃へて妨げませう。併し、御館のお勢ひには、何程の事でも御座りませぬ。では御座りまするが、お前さまのお考を承らずには、何とも計らはれませぬ※3。御思案お洩し遊ばされ。

謂はゞ難題である。あて人の娘御に、此返答の出来よう筈はない。乳母も、子古も、凡は無駄な伺ひだと思つては居た。ところが、郎女の返事はこだまかへしの様に、躊躇ふことなしにあつた。其上此ほど、はつきりした答へはないと思はれた。其がすべての人の不満を圧倒した。

姫の咎は、姫が贖ふ。此寺、此二上山の下に居て、身の償ひ、心の償ひしたと姫が得心するまでは、還るものとは思やる※4な。

郎女の声、詞を聞かぬ日はない身狭の乳母ではあつた。だが、つひしか※5此ほどに頭の髄まで沁み入るやうな、凛とした語を聞いたことのない乳母だつた。

3　計らはれませぬ―〈全〉「計ひかねます」。

4　やる―動詞連用形について。目下の者の動作を丁寧に言う近世の助動詞。ここは、思ヒヤルナのヒが脱落した形。

5　つひしか―終に、下に否定を伴う。

寺方の言ひ分に譲るなど言ふ問題は、小さい事であつた。此爽やかな育ての君の判断力と、惑ひなき詞に感じてしまつた。たゞ、涙。かうまで賢(さか)しい魂を思ふと、頬に伝ふものを拭ふことも出来なかつた。子古にも、郎女の詞を伝達した。さうして、自分のまだ曾てなかつた感激を、力深くつけ添へて聞かした。

　ともあれ此上は、大宰府へ。

かう言つた自分の語に気つけられたやうに、子古は思ひ出した。今日か明日、新羅問罪※1のうち合せの為、難波を離れて、筑前へ下る官使の一行があつたのである。此中に居る知り人に、今度の事の顚末の報告から、其決断を乞ふ次第を書き綴つて、托しようと思ひついた。

北へ廻つて、大坂越え※2から河内へ出て、難波まで、馬の叶ふ処は馬で行かうと決心した。

万法蔵院に唯一つ飼つて居た馬の借用を申し入れると、此は快く聴き入れてくれた。子古は、今日の日暮れまでには、難波まで行つて還つて来ると、威勢のよい語を、歯の隙いた口に叫びながら、郎女の竪帷(たつばり)の前に匍伏した。

子古の発つた後は、又のどかな春の日に戻つて、悠々(うらうら)と照り暮す山々を見せませうと、乳母(おも)が言ひ出した。木立、山陰から盗み見する者のないやうに、家人(けにん)らを

1　新羅問罪―天平勝宝五年〈七五三〉、唐の正月朝賀の席次をめぐって始まった日本と新羅の対立は、唐における安禄山の乱による混乱も関わって、新羅攻撃の気運の高まりを生んだ。政権の中枢にいた仲麻呂は、天平宝字三年〈七五九〉大宰府に行軍式(作戦書)を作らせるなど、侵攻の準備を整えていた。しかし、仲麻呂の権力掌握が揺らぐとともに中止となった。唐の安禄山の乱も治まって政情は落ち着いていった。こうした一連の事情を背景としている。

2　大坂越え―二上山北麓の穴虫峠。〈底〉〈全〉は「大阪」と記すが、古事記など「大坂」と表記する例が多い。なお二上山南麓の竹内峠へ向うのが当麻道。大坂越えが近道。「大坂に逢ふや嬢子(をとめ)を道問へば直には告らず(近道を言わず)当麻道を告る」(記中巻　記歌謡77)。

一町二町先まで見張りに出して、郎女を外に誘ひ出した。

暴風雨(あらし)の夜、添上、広瀬、葛城※3の野山をかちあるきした姫ではない。乳母と今一人、若人の肩に手を置きながら、歩み出た。

日の光りは霞みもせず、陽炎も立たず、唯おどんで見えた。昨日眺めた野も、斜になつた日を受けて、物の影が細長く靡※4いて居た。青垣の様にとり捲く山々も、愈遠く裾を曳くやうに見える。

早い菫―げんげ※5―が、もうちらほら咲いて居る。遠く見ると、その紫の色が一続きに見えて、薄い雲がおりて居るやうに思はれる。足もとに一本、おなじ花の咲いてゐるのを見つけた郎女は、膝を叢について、ぢつと眺め入つた。

　これはえ。

　すみれと申すとのことで御座ります。

かう言ふ風に、物を知らせるのが、あて人に仕へる人たちの為来りになつて居た。

　蓮(はちす)の花に似てゐながら、もつと細(こま)やかな、――絵にある仏の花を見るやうな――。

ひとり言しながら、ぢつと見てゐるうちに、花は広い蕚(うてな)の上に乗つた仏の前の大きな花になつて来る。其がまた、ふつと目の前のさゝやかな花に戻る。

3　添上、広瀬、葛城―「添上(そふのかみ)、広瀬(ひろせ)、葛城(かづらき)」、大和国の国郡名に基づく地名、郎女が平城京から当麻寺に至る経路を示している。「添上　曾不乃加美」（和名抄二十巻本）は、〈全〉では添下（曾不乃之毛　同）となっている。添上郡は平城京の西に当たり、より南の添下郡の方が経路として適している。

4　靡―〈底〉活字転倒。

5　げんげ―漢名「翹揺」の字音ゲウエウに由来する植物名、レンゲはその異名。ここではスミレとされている。

夕風が冷ついて参ります。内へ――。

乳母が言つた。見渡す山は、皆影濃くあざやかに見えて来た。

一番近く谷を隔て、端山の林や崖※1の幾重も重なつた上に、二上の男嶽の頂が、赤い日に染つて立つてゐる。

今日は、あまりに静かな夕である。山ものどかに夕雲の中に這入つて行かうとしてゐる。

まうし。まう外に居る時では御座りません。

八

「朝目よく」うるはしい兆しを見た昨日は、郎女にとつて、知らぬ経験を、後から後から展いて行つた。たゞ人の考へから言へば、苦しい現実のひき続きであつたのだが、姫にとつては、心驚く事ばかりであつた。

一つ〳〵変つた事に逢ふ度に、姫は「何も知らぬ身であつた」と心の底で声を上げた。さうして、その事毎に挨拶をしてはやり過したい気が一ぱいであつた。今日も其続きを、くはしく見た。なごり惜しく過ぎ行く現し世のさま〴〵。郎女は、

1　崖—山がくずれて薙いだように見える地形。

今目を閉ぢて、心に一つ〳〵収めこまうとして居る。ほのかに通り行き、将著しくはためき過ぎたもの――。

宵闇の深くならぬ間に、廬のまはりは、すつかり手入れがせられた。灯台も大きなのを、寺から借りて来て、煌々と油火が燃えて居る。明王像も、女人のお出での場処にはすさまじいと云ふ者があつて、どこかへ搬んで行かれた。其よりも、郎女の為には帳台が、設備はれてゐた安らかさ。夜も、今宵は暖かであつた。帷帳を周らした中は、ほの暗かつた。其でも、山の鬼神、野の魍魎を避ける為の灯の渦が、ぼうと梁に張り渡した頂板※2に揺らめいて居るのが頼もしい気を深めた。帳台のまはりには、乳母や若人が寝たらしい。もう其も一時も前の事で、皆すや〳〵と息の音を立てゝ居る。姫の心は、今は軽かつた。

たとへば、俤に見たお人には逢はなくとも、その俤を見た山の麓に来て、かう安らかに身を横へて居る。

灯台の明りは、郎女の額の上に、高く朧ろに見える光りの輪を作つて居た。月のやうに円くて、幾つも上へ〳〵と月輪が重つてゐる如くも見えた。其が隙間風の為であらう。時々薄れて行くと、一つの月になつた。ぽつと明り立つと、幾重にも隈の畳まつた大きな円かな光明になる。

2　頂板――「つし」は、屋根や天井の下に丸木などを渡し、簀の子を張って中二階にした場所、物置として使用する。「頂板」は、そこに敷いた板、下からは天井板に見える。

幸福に充ちて、忘れて居た姫の耳に、今はじめて谷の響きが聞え出した。更けた夜空には、此頃やつと、遅い月が出たことであらう。

物の音。――つた〳〵と来て、ふうと佇(た)ち止るけはひ。耳をすますと、元の寂かな夜に、激(たぎ)ち降(くだ)る谷のとよみ。

　つた　つた　つた

又ひたと止(や)む。

この狭い廬の中を、何時まで歩く、跫音だらう。

　つた

郎女は刹那、思ひ出して牀の中で身を固くした。次にわぢ〳〵※1と戦(をのゝ)きが出て来た。

　天若御子(あめわかみこ)――。

ようべ、当麻語部嫗(たぎまかたりのおみな)の聞かした物語。あゝ其お方の来て窺ふ夜なのか。

　――青馬の　耳面刀自(みゝものとじ)

　刀自もがも。女弟(おと)もがも

　その子の　はらからの子の

　処女子(をとめご)の　一人

1　わぢ〳〵――震えるさま。わなわな。

一人だに　わが配偶（つま）に来よ。

まことに畏しかつた※2ことを覚えない郎女にしては、初めてまざまざと圧へられるやうな畏（こは）さを知つた。あゝあの歌が、胸に生（い）き蘇（かへ）つて来る。忘れたい歌の文句が、はつきりと意味を持つて、姫の唱へぬ口の詞から、胸にとほつて響く。すさまじい動悸。

帷帳（とばり）が一度、風を含んだ様に皺だむ。

ついと、凍る様な冷気――。

郎女は目を瞑つた。だが――瞬間睚の間から映（うつ）つた細い白い指、まるで骨のやうな――帷帳（とばり）を掴んだ片手の白く光る指。

あな　たふと　阿弥陀仏。なも阿弥陀仏。

何の反省もなく、唇を洩れた詞。この時、姫の心は急に寛ぎを感じた。さつと――汗。全身に流れる冷いものを覚えた。畏（こは）い感情を持つたことのないあて人の姫は、直（すぐ）に動顛した心をとり直すことが出来た。

なも　あみだぶつ。

今（も）一度口に出して見た。をとゝひまで手写しとほした称讃（しやうさん）※3浄土仏摂受経（じやうどぶつせふじゆきやう）の文（もん）である。郎女は、昨日までは一度も、寺道場※4を覗いたこともなかつた。父君は、

2　畏しかつた―後の「畏さ（こは）」のルビから判断して「おそろしかつた」の読みであろう。

3　〈底〉ここは「称讃」の語順になっている。

4　寺道場―道場は寺に同じ、同意の語を重ねていう。「道場の乾の角に至りて」（当麻曼陀羅事）。豊成が南家の中に道場を設けていたという記事は見えないが、「元興寺縁起」を著しているところからの発想であろう。

家の内に道場を構へて居たが、簾越しにも聴聞(もん)は許されなかつた。御経(おんきやう)の文(もん)は手写しても、固より意趣は訣らなかつた。だが、かつ〴〵処々には、気持ちの汲みとれる所があつたのであらう。併しまさか、こんな時、突嗟に口に上らうとは思うて居なかつた。

白い骨、譬へば玉の様に並んだ骨の指、其が何時までも目に残つて居た。帷帳(とばり)は元のまゝに垂れて居る。だが、白玉の指は、細々と其に絡んでゐるやうな気がする。悲しいとも懐しいとも知れぬ心に、深く郎女は沈んで行つた。山の端に立つた俤びとは、白々(しろ〴〵)とした掌をあげて、姫をさし招いたと覚えた。だが今、近々と見る、其手は、海の渚の白玉のやうに、寂しく目にはうつる。

長い渚を歩いて居る。郎女の髪は左から右から吹く風に、あちらへ靡き、こちらへ乱れする。浪はま足もとに寄せて居る。渚と思うたのは、海の中道(なかみち)である。浪は両方から打つて居る。どこまでも〳〵、海の道は続く。郎女の足は砂を踏んでゐる。その砂すらも、段々水に掩はれて来る。砂を踏む踏むと思うて居る中に、ふと其が白々とした照る玉だと気がつく。姫は身を屈(こゞ)めて、白玉を拾ふ。※1拾ふても〳〵、玉は皆掌(たなそこ)に置くと、粉の如く砕けて、吹きつける風に散る。其でも、

1 〈底〉句点脱。

玉を拾ひ続ける。玉は水隠(みがく)れて見えぬ様になつて行く。姫は悲しさに、もろ手を以て掬(すく)はうとする。掬(むす)んでも〳〵水のやうに、手股(たなまた)から流れ去る白玉――。玉が再び砂の上に並んで見える。忙(あわたゞ)しく拾はうとする姫の俯(うつむ)いた背を越して、流れる浪が泡立つてとほる。

姫は――やつと白玉を取り持つた。大きな輝く玉。さう思うた刹那、郎女の身は大浪にうち仆される。浪に漂ふ身‥‥衣もなく裳(も)もない。抱き持つた白玉と一つに、照り充ちた現(うつ)し身。

ずん〳〵とさがつて行く。水底(みなぞこ)に水漬(みづ)く白玉※2となつた郎女の身は、やがて又一幹(ひともと)の白い珊瑚の樹(き)である。脚を根とし、手を枝とした水底の木。頭に生ひ靡くのは、もう髪ではなく、藻であつた。藻が深海の底に浪のまゝに、揺れて居る。

やがて、水底にさし入る月の光り――。ほつと息をついた。まるで潜(かづ)きする処女が二十尋(はたひろ)、三十尋(みそひろ)の水底(みな)から浮び上つて、つく様に深い息の音で、自身明らかに目が覚めた。

あゝ夢だつた。当麻まで来た夜道の記憶はまざ〳〵と残つて居るが、こんな苦しさは覚えなかつた。だがやつぱり、をとゝひの道の続きを辿つて居るのではなからうかと言ふ気がする。

2　白玉―郎女が夢に見ている白玉のイメージは、万葉集巻七譬喩歌「寄玉」に基づくと考えられる。「あぢ群のとをよる海に舟浮けて白玉採ると人に知らゆな」（7・一二九九）、「をちこちの磯の中なる白玉を人に知らえず見むよしもがも」（7・一三〇〇）、「海神の手に巻き持てる玉故に磯の浦回に潜きするかも」（7・一三〇一）、「海神の持てる白玉見まく欲り千度そ告りし潜きする海人は」（7・一三〇二）、「潜きする海人は告れども海神の心し得ねば見ゆといはなくに」（7・一三〇三）。

水の面からさし入る月の光り、と思うた時は、ずんぐ〱海面に浮き出て行く。さうして、悉く痕形もない夢だつた。唯、姫の仰ぎ寝る頂板（つしいた）に、あゝ水にさし入つた月。そこに以前のまゝに、幾つも暈（かさ）の畳まつた月輪の形が揺（ゆら）めいて居る。

なも、阿弥陀仏。

再、口に出た。光りの暈は、今は愈明りを増して、輪と輪との境の隈々（くまぐま）しい処までも見え出した。黒ずんだり、薄暗く見えたりした隈が、次第に凝つて、明るい光明の中に、胸、肩、頭、髪、はつきりと形を現（げん）じた。白々と袒（ぬ）いだ美しい肌、浄く伏せたまみが、郎女の寝姿を見おろして居る。乳のあたりと膝元にある手――その指（および）、白玉の指（および）。

姫は、起き直つた。だが、天井の光りの輪は、元のまゝに、仄かに事もなく揺れて居た。

九

貴人（うまびと）はうま人どち、やつこは奴隷（やつこ）どちと言ふからなう――。

何時見ても紫微内相は、微塵（みぢん）※1曇りのない円（まど）かな相好（さうがう）である。其にふるまひの

九

1 塵（ちん）―〈底〉ルビ「じん」誤。

2 若くから氏（うぢ）の上（かみ）―家持は旅人の後、世襲で大伴氏の氏の上であったとされることが多いが、氏の上はその一族で最も高位の人物が指名される習わしであった。現に藤原氏はこの時点で正二位の豊成である。大宰員外帥に左降されてもそれは変わらない。家持は、天平宝字初めには従五位上であり、大伴氏には彼より上位の人が複数いた。仲麻呂に退けられる大伴古慈斐は従四位上で、また古麻呂は正三位であったから、家持は氏の上でなかったとすべきだろう（小野寛参考文献による）。一般には大伴一族に軽挙を戒める「喩族歌」（20・四四六五〜六七）があることから、氏の上として扱われる。

3 八年前、越中国から帰った―天平勝宝三年〈七五一〉越中守から少納言に遷任され、帰京。それから足かけ八年後は天平宝字二年〈七五八〉となる。六月には因幡守に左遷される。この場面はそれ

おほどかなこと、若くから氏の上(うぢのかみ)※2で、数十家(け)の一族や、日本国中数千の氏人(うぢびと)から立てられて来た家持(やかもち)も、静かな威に圧せられるやうな気がして来る。

言はしておくがよい。奴隷(やつこ)たちはとやかくと、口さがないのが、其為事よ。此身とお身とは、おなじ貴人(うまびと)ぢや。おのづから話も合はうと言ふもの。此身が段々なり上(のぼ)ると、うま人までが、おのづとやつこ心になり居つて、卑屈になる。

家持は、此が多聞天かと、心に問ひかけて居た。だがどうもさうは思はれぬ。同じ、かたどつて作るなら、とつい想像が浮んで来た。八年前、越中国から帰つた※3当座の世の中の豊かな騒ぎが思ひ出された。あれからすぐ、大仏開眼(かいげん)供養が行はれたのであつた。其時、近々と仰ぎ奉つた尊容三十二種好(しゆがう)具足したと謂はれる其相好が、誰やらに似てゐると感じた。其がどうしても思ひ浮ばずにしまつた。その時の聯想が、今ぴつたり的にあてはまつて来たのである。かうして対ひあつて居る仲麻呂の顔なり、姿なりが、其まゝあの盧遮那(るさな)ほとけの俤だと言つて、誰が否まう。

お身も少し咄したら、えゝではないか。官位(かうぶり)はかうぶり。昔ながらの氏は氏――。なあ、さう思ふだらう。紫微中台※4と兵部省※5と位づけするのは、うき世の事よ。家(うち)に居れば、やはり神代(かみよ)以来(いらい)の氏(うぢ)の上(かみ)づきあひをしようよ――。

より前、後段に早く躑躅の季節にならないかという仲麻呂のつぶやきがあるから、同年三月くらいの季節であろう。↓解説一五九頁

4　紫微中台―天平勝宝元年〈七四九〉、皇后宮職を唐の紫微省、中台の名称を取り入れて改めた組織名。長官を令と称し、仲麻呂が就いた。後に光明皇太后が啓令として出す指示を各司に伝える権限を有し、実質的に太政官に取って替わった。

5　兵部省―太政官八省の一つ、軍事に関する徴兵、兵站などすべてを司る。家持は、天平勝宝六年少輔（三等官、従五位上）、天平勝宝九歳大輔（二等官、位階は据え置き）を任官した。その間に防人歌（万葉集巻二十）を編纂した。ここのすぐ後に家持を兵部大輔と記しているから、それに基づくとこの場面は天平勝宝九歳六月から同年、八月に改元して天平宝字元年十二月右中弁に昇任するまでの期間であったことになる。↓解説一六〇頁

新しい唐の制度の模倣ばかりして、漢の才（もろこしのざえ）※1がやまと心に入り替つたと謂はれて居る此人が、こんな嬉しいことを言ふ。家持は感謝したい気がした。理会者、同感者を思ひがけない処に見つけ出した嬉しさだつたのである。

お身は、宋玉や、登徒子の書いた物※2を大分持つて居ると言ふが、大宰府へ行つた時に手に入れたのぢやな。あんな若い年で、わせだつたんだなう。お身は――。お身の家では古麻呂（こまろ）、身の氏に近い者では奈良麻呂※3、あれらは漢魏はおろか※4今の唐の小説なども、ふり向きもせんから、咄にならぬて。

兵部大輔は、やつと話のつきほを捉へた。

お身さまの話ぢやが、わしは賦の類※5には飽きました。どうも、あれが、この四十面さげてもまだ、涙もろい詩や歌の出て来る元になつて居る――さうつく〴〵思ひますので。ところで近頃は方（かた）を換へて、張文成※6を拾ひ読みすることにしました。あの方が、なんぼか――。

大きに、其は、身も賛成ぢや。ぢやが、お身がこの年になつても、まだ二十（はたち）代の若い心や瑞々しい顔を持つて居るのは　宋玉のおかげぢやぞや。まだなかく〴〵隠れては歩き居（を）ると人の噂ぢやが、嘘ぢやない。身が保證する。おれなどは張文成ばかり古くから読み過ぎて、早く精気が尽きてしまうた心持ちがす

1　才（ざえ）――〈底〉ルビ「さえ」、改める。

2　宋玉や、登徒子の書いた物――『文選』巻十九「高唐賦」「神女賦」、「登徒子好色賦」を指す。いずれも優美な女性との交遊を詠む。登徒子は宋玉が賦の中で設定した人物で、作者ではない。〈全〉では王褒に替えてある。王褒は前漢の人、字は子淵、「洞簫賦」（文選巻十七音楽）は、簫の音を称える内容。

3　古麻呂（こまろ）、奈良麻呂――いずれも天平勝宝九歳〈七五七〉六月の橘奈良麻呂の変の主要人物。奈良麻呂が「身の氏に近い」というのは、仲麻呂の叔母にあたる光明皇太后の母が県犬養宿祢三千代で、橘奈良麻呂の祖母に当たることを指す。

4　漢魏はおろか――漢も魏も中国の王朝、ここでは漠然と唐以前を指している。

る。——ぢやが全く、文成はえゝなう。漢土(もろこし)びとぢやとは言へ、心はまるでやまとのものと一つと思ふが、お身は諾(うべな)ふかね。

文成に限る事ではおざらぬ※7が、あちらの物は読んで居て、知らぬ事ばかり教へられるやうで、時々ふつと思ひ返すと、こんな思はざつた※8考へも、身は持つことになつた——そんな空恐しい気さへすることがあります。お身さまにも、そんな経験(おぼえ)が、おありでせう。

大ありおほ有り、毎日々々、其ぢや。しまひにどうなるのぢや。こんなに智慧づいてはと思はれてならぬことが——ぢやが、女子(をみなご)だけにはまづ当分、女部屋のほの暗い中で、こんな智慧づかぬのどかな心で居さしたいものぢや。第一其が、男の為ぢや。

家持は、此了解に富んだ貴人の語に、何でも言つてよい、青年のやうな気が湧いて来た。

さやう〳〵。智慧を持ち初めては女部屋には、ぢつとして居ませぬな。第一横(よこ)佩垣内(はきかきつ)の——。※9
いけないことを言つたと思つた。同時に此臆(おく)れた気の出るのが、自分を卑(ひく)くし、大伴氏を昔の位置から自ら蹶落す心なのだと感じた。

---

5 賦の類—前掲宋玉の作品を指す。
6 張文成—『遊仙窟』作者。一七頁脚注9参照。
7 おざらぬ—オザルは「ござる」の訛形とも、「お出である」が「おじゃる」を経て変化したともされる。近世語で、ござる・いらっしゃるの意。
8 ざつた—否定の助動詞「ざり」に過去の助動詞「た」のついた形。中世以降多用された。「〜なかった」。
9 〈底〉句点脱。

好、好。遠慮はやめやめ。氏の※1上づきあひぢやもん。ほい又出た。おれはまだ藤氏の氏上に任ぜられた訣ぢやなかつたつけな。

瞬間暗い顔をしたが、直にさつと眉の間から輝きが出た。

身の女姪の姫が神隠しにあうた話か。お身は、あの謎見たいないきさつを、さう解るかね。ふん。いやおもしろい。女姪の姫も定めて喜ぶぢやらう。実は、これまで内々小あたりにあたつて見たと言ふ口かね、お身も。

大きに。

今度は軽い心持ちが、大胆に仲麻呂の話を受けとめた。

お身さまが経験ずみぢやで、其で郎女の才高※2さと、男択びすることが訣りますな――。

此は、額ざまに切りつけられた――。免せ〳〵と言ふところぢやが――、あれはの、生れだちから違ふものな。藤原の氏姫ぢやからの。枚岡の斎き姫※3にあがる宿世を持つて生まれた者ゆゑ、人間の男は、弾く、弾く、弾きとばす。近よるまいぞよ、はゝはゝゝ。

内相は、笑ひをぴたりと止めて、家持の顔を見ながら、きまじめな表情になつた。

ぢやがどうも、お聴き及びのことゝ思ふが、家出の前まで、阿弥陀経の千部写

1　の―〈底〉「ノの」、「ノ」は衍字。

2　才―〈底〉ルビ「さえ」。

3　枚岡の斎き姫―二七頁脚注15参照。↓解説一六八頁

経をして居たと言ふし、楽毅論から、兄の殿の書いた元興寺縁起※4も、其前に手習したらしいし、まだ〳〵孝経なども、習うたと見えるし、なか〳〵の女（をなご）博士（はかせ）での。楚辞や小説にうき身をやつす身や、お身は近よれぬはなう。――どうして其だけの女子（をみなご）が、神隠しなどに逢はうかい。

第一、場処が当麻で見つかつたと言ひますからの――。

併し其は、藤原に全く縁のない処でもない。天ノ二ノ※5上の寿詞（よごと）もある処だが……。斎（いつ）き姫（ひめ）もいや、人の妻と呼ばれるのもいや――で、尼になる気を起したのではないかと思ひ当ると、もう不安で不安でなう。のどかな気持ちばかりでも居られぬは――。

仲麻呂の眉は集つて来て、皺一つよらない美しい、この中老の貴人（あてびと）の顔も、思ひなしくすんで見えた。

何しろ、嫋女（ひはやめ）※6は、国の宝ぢやでなう。出来ることなら、人の物にはせず、神の物にしたいところよ。――ところが、人間の高望（たかのぞ）みは、さうばかりも辛抱しては居りはせぬがい――。何せ、むざ〳〵尼寺へやる訣にいかぬ。でもねえ。一人出家すれば、といふ詞が、この頃頻りに説かれるで……。九族が天に生じて、何になるといふのぢや。宝は何百人かゝつても作り出せる

4　元興寺縁起―八八頁脚注3参照。

5　〈底〉「ノ」、「二」のルビの位置にある。誤。

6　嫋女（ひはやめ）―〈底〉ルビ「ひわやめ」。ヒハヤは、ヒハヤカ（ヒハはかぼそいの意、ヤカは接尾語）の異分析要素、あるいは「たわやめ」の誤植か。〈全〉ルビ「タワヤメ」、タワヤはタワヤカヒナ（古事記歌謡　タワヤはタワム〈撓む〉と同源）のタワヤ。

ものではない。どだい兄公殿が、少し仏凝りが過ぎるでなう――。自然内うらまで、そんな気風がしみこむやうになつたのかも知れぬぞ。時に、お身のみ館の郎女も、そんな育てはしてあるまいな。其では久須麻呂※1が泣きを見るからねえ。

人の悪いからかひ笑みを浮べて、話を無理にでも脇に釣り出さうとするのは、考へるのも切ないことが察せられる。

兄公は氏上に、身は氏助※2と言ふ訣でゐるが、肝腎斎き姫で枚岡に居させられる叔母御は、もうよい年ぢや。去年春日祭りに上られた姿を見て、神さびたものよと思うたよ。今一代此方から進ぜないなら、斎き姫になる娘の多い北家の方が、すぐに取つて替つて氏上に据るは。

兵部大輔にとつても、此だけは他事ではなかつた。おなじ大伴幾流の中から、四代続いて氏ノ上職を持ち堪へたのも、第一は宮廷の思召しもあるが世の中のよせが重かつたからだ。其には、一番大事な条件として、美しい斎き娘が、此家に出て後を途切らさなかつたからである。大伴の家のは、表向き婿どりさへして居ねば、子があつても斎き姫は勤まると言ふ定めであつた。今の坂ノ上郎女※3は、二人の女子を持つて、やはり斎き姫である。此はうつかり出来ない。此方も藤原同

1　久須麻呂―仲麻呂の次男。七二頁脚注2参照。

2　氏助―氏の上に次ぐ氏内の地位ということだが、定められていたのではない。

3　坂ノ上郎女―〈底〉「阪ノ上」、〈全〉同じ。「万辞」などは坂上と表記している。大伴坂上郎女が

様、叔母御が斎姫で、まだそんな年でないと思うてゐるが、又どんなことで、他流の氏姫が後を襲ふことにならぬとも限らぬ。大伴佐伯の数知れぬ人々、民々が外の大伴へ頭をさげるやうなことになつてはならぬ。

※4かう考へて来た家持の心の動揺を思ひもしない風で、

こんな話は、よその氏ノ上に言ふべき事ではないが、兄公殿があゝして、此先何年、大宰府に居るやら知れぬし、氏の祭りは、枚岡・春日と二処に二度づゝ、其外週り年には、時々鹿島・香取の吾妻路のはてにある本社の祭りまで、此方で勤めねばならぬ。実際よそほかの氏ノ上よりも、此方の氏ノ助ははたらいてゐるのだが、だから、自分で、氏ノ上の気持ちになつたりする。——もう一層なつてしまふか。お身はどう思ふ。答へる訣にも行くまい。氏ノ上に押し直らうとしたところで、今の身の考へ一つを枉げさせるものはない。上様方に於かせられて、お叱りのお語を下しおかれない限りは……。

京中で、此恵美屋敷ほど庭を嗜んだ家はないと言ふ。門は左京二条三坊※5に、北に向つて開いて居るが、主人家族の住ひは南を広く空けて広々とした山斎※6が作つてある。其に入りこみの多い池を周らし、池の中の島も、飛鳥ノ宮風に造られた。東の中み門、西の中み門が備つて居る。どうかすると、庭と言ふより

大伴氏の斎姫であったというのは、万葉集に「大伴坂上郎女、神を祭る歌一首　并せて短歌」(3・三七九、八〇)から想像しうることだが、この歌は氏の神を祭る時に詠んだと左注にあり、郎女が斎主であったことを意味する訳ではない。祭りに際して恋しい人に会いたいと願ったという内容によれば、祭祀に参加したということであろう。

4　〈底〉一字下ゲ、誤。

5　左京二条三坊—仲麻呂の田村第は左京四条第二坊に推定されている。↓解説一五八頁

6　山斎—「山斎」はシマと読む。「鴛鴦が住む君がこの之麻」(20・四五一一)の仮名例がある。「万辞」にはヤマ・シマ両方の訓があげてある。

寛々とした空き地の広くおありになる宮廷よりは、もつと手入れが届いて居さうな気がする。

※1庭を立派にしたうま人たちの末々の事※2が、兵部大輔の胸に来た。瞬間憂鬱な気持ちがかゝつて来て、前にゐる紫微内相の顔を見るのが気の毒な様に思はれた。

案じるなよ。庭が行き届き過ぎて居ると思うてるのだらう。そんなことはないさ。庭はよくても、亡びた人ばかりはないさ。淡海公の御館は、どの家でも引き継がずに荒してはあるが、あの立派さは、それあの山部の何とか言つた地下の召し人の歌よみが、「昔見し池の堤は年深み……」※3と言つた位だが、其後は、これ此様に四流にも岐れて栄えてゐる。もつとあるよ――。何、庭などによるものではない。

恃む所の深い此あて人は、庭の風景の目立つた個処々々を指摘しながら、其拠る所を日本漢土に渉つて説明した。

長い廊を数人の童が続いて来る。

日ずかし※4です。お召しあがり下さいませう。

改つて、簡単な饗応の挨拶をした。まらうどに、早く酒を献じなさいと言つてゐ

---

1 〈底〉一字下ゲ、誤。

2 末々の事―蘇我氏のこと、また長屋王のことを念頭におくか。

3 昔見し池の堤は―「古の古き堤は年深み池の渚に水草生ひにけり」（3・三七八「山部宿祢赤人、故太政大臣藤原家の山池を詠む歌一首」）。太政大臣は淡海公藤原不比等。不比等の没後、この歌から屋敷の管理などのために資人が残されていたことが推測される。

4 日ずかし―大阪府・奈良県・和歌山県・福井県・富山県の方言で、子供の間食、ここではその程度の軽食といった意味で用いられている。

る間に、美しい婇女(うねめ)が、盃を額より高く捧げて出た。

をゝ、それだけ受けて頂けばよい。舞ひぶりを一つ見て貰ひなさい。

家持は、何を考へても、先を越す敏感な主人に対して、唯虚心で居るより外はなかつた。

うねめは、大伴の氏上へもまだ下さらないのだつたね※5。藤原では御存知でもあらうが、先例が早くからあつて、淡海公が近江ノ宮から頂戴した故事で、頂く習慣になつて居ります。

時々こんな畏まつたもの言ひもまじへた。兵部大輔は、自身の語づかひにも、初中終(しょつちゅう)気扱ひ※6をせねばならなかつた。

氏上もな、身が執(しふ)心で、兄公殿を大宰府へ追ひまくつて、後に据らうとするのだと言ふ奴があるといの――。やつぱり「奴はやつこどち」だなあ。さう思ふよ。時に女姪(めひ)の姫だが――。

さすがの聡明第一の紫微内相も、酒の量が※7少かつた。其が今日は幾分行けたと見えて、話が循環して来た。家持は、一度はぐらかされた緒口(いと(ぐち))にとりついた気で、
横佩垣(かき)内の郎女(いらつめ)は、どうなるのでせう。宮・社・寺、どちらに行つても、神さびた一生。あつたら惜しいものだな。

5 采女の下賜―万葉集巻二相聞に藤原鎌足が采女を賜ったことを喜ぶ歌が載る。「我はもや安見児得たり皆人の得かてにすといふ安見児得たり」(2・九五「内大臣藤原卿、采女の安見児を娶く時に作る歌一首」)。これが歴代続いたかどうかは不明だが、ありうることではある。ここでは淡海公とされている。

6 気扱ひ―気がもめること。近世語。

7 酒の量が―「―は」とあるべきところ。〈全〉「―は」。

気にするな。気にするな。気にしたとて、どう出来るものか。此は——もう、
人間の手へは戻らないかも知れんぞ。

※1末は独り言になつて居た。さうして、急に考へ込んで行つた。池へ落した水音は、未(ひつじ)がさがる※2と、寒々と聞えて来る。

早く、躑躅の照る※3時分になつてくれないかなあ。一年中で、この庭の一等よい時が待ちどほしい。

紫微内相藤原仲麻呂の声は、若々しい欲望の外、何の響きをもまじへて居なかつた。

十

つた　つた　つた。

郎女は、夜が更けると、一向(ひたすら)、あの音の歩み寄つて来るのを待つやうになつた。※4をとゝひよりは昨日、昨日よりは今日といふ風に、其跫音が間遠になつて行き、此頃はふつゝ※5に音せぬやうになつた。その氷の山に対うて居るやうな骨の疼く戦慄の快感、其が失せて行くのを虞れるやうに、姫は夜毎、鶏のうたひ出すまで

1　〈底〉一字下ゲ、誤。

2　未(ひつじ)がさがる—午後三時過ぎになる。未は午後一時から三時の間。

3　照る—「葉広　斎つ真椿　其が花の　照り坐し」(記下巻　記歌謡57)などをふまえた表現。

4　〈底〉一字下ゲ、誤。

5　ふつ—とぎれごえ、「師霊、此には赴屠能瀰哆磨(ふつノミタマと云ふ)」(神武即位前紀訓注)。

は殆ど祈る心で待ち続けて居た。

絶望のまゝ、幾晩も仰ぎ寝たきりで目は昼よりも寤(さ)めて居た。其間に起つた夜の間の現象には、一切心が留らなかつた。現にあれほど、郎女の心を有頂天に引き上げた頂板(つし)の面(おもて)の光輪にすら、明盲(あきじ)ひのやうに、注意は惹かれなくなつた。こゝに来て、疾(と)くに七日は過ぎ、十日・半月になつた。山も野も春のけしきが整うて居た。野茨の花のやうだつた小桜が散り過ぎて、其に次ぐ山桜が谷から峰かけて、断続しながら咲いてゐるのも見える。麦生(むぎふ)は驚くばかり伸び、里人の野為事に出る姿が、終日動いてゐる。

都から来た人たちの中、何時までこの山陰に春を起き臥すことかと侘びる者が殖えて行つた。廬堂の近くに、板屋を掘り立てゝ、かう長びくと思はなかつたし、まだどれだけ続くかも知れぬ此生活に、家ある者は妻子に会ふことばかりを考へた。親に養はれる者は、家の父母の外にも、隠れた恋人を思ふ心が切々として来るのである。女たちは、かうした場合にも、平気に近い感情で居られる長い暮しの習はしに馴れて、何かと為事を考へてはして居る。女方の小屋は、男のとは別に、もつと廬に接して建てられて居た。

身狭乳母(むさのおも)の思ひやりから、男たちの多くは、唯さへ小人数な奈良の御館(みたち)の番に行けと言つて還され、長老（おとな）一人の外は、唯雑用（ざふよう）をする童と奴隷（やつこ）位しか残らなかつた。乳母（おも）や若人たちも、薄々は帳台の中で夜を久しく起きてゐる郎女の様子を感じ出して居た。でも、なぜさう夜深く溜め息ついたり、うなされたりするか、知る筈はない昔気質の女たちである。

やはり、郎女の魂（たま）があくがれ出て、心が空しくなつて居るものと、単純に考へて居る。ある女は、魂ごひの為に、山尋ねの咒術（おこなひ）※1をして見たらどうだらうと言つた。

乳母は、一口に言ひ消した。※2姫様、当麻に御安著なされた其夜、奈良の御館へ計らはずに、私にした当麻真人（たぎまのまひと）の家人たちの山尋ねが、いけない結果を呼んだのだ。当麻語部とか謂つた蠱物（まじもの）使ひのやうな婆が出しやばつての差配が、こんな事を惹き起したのだ。

その節、山の峠（たわ）※3の塚であつた不思議は、噂になつて、この貴人（うまびと）の一家の者にも知れ渡つて居た。あらぬ者の魂を呼び出して郎女様におつけ申しあげたに違ひない。もう〳〵軽はずみな咒術（おこなひ）は思ひとまることにしよう。かうして魂（たま）を失はれた処の近くにさへ居れば、何時かは、元のお身になり戻り遊されることだらう。

こんな風に考へて、乳母は唯気長にせよと女たちを諭し〳〵した。

1　咒術（おこなひ）―折口は「呪」ではなく俗字の「咒」を常用する。

2　「姫様」で始まるここは、乳母の台詞のようでもあるが、〈全〉も改行しないで、地の文扱いである。

3　峠（たわ）―「たわ」は、山の鞍部、そこに越える道があることが多く、峠の意でも用いられる。

こんな事をして居る中に、又一月も過ぎて、桜の後、暫らく寂しかつた山に、躑躅が燃え立つた。足も行かれぬ崖の上や巌の腹などに、一群(ひとむら)々々咲いて居るのが、山の春は今だ、と言はぬばかりである。

ある日は、山へ〳〵と里の娘ばかりが上つて行くのを見た。凡数十人の若い女が、何処で宿つたのか、其次の日、てんでに赤い山の花を髪にかざして降りて来た。どや〳〵と廬の前を通る時、皆頭をさげて行つた。其中の二三人が、つくねんとして暮す若人たちの慰みに呼び入れられて、板屋の端へ来た。当麻の田居も、今は苗代時である。やがては、田植ゑをする。其時は見に出やしやれ。こんな身でも、其時はずんと女子ぶりが上るぞなと笑ふ者もあつた。

　こゝの田居の中で、植ゑ初めの田は、腰折れ田と言ふ都までも聞えた物語のある田ぢやげな。

若人たちは、又例の蠱物姥(まじものうば)の古語りであらうとまぜ返す。ともあれ、かうして山へ上つた娘だけが、今年の田の早処女(さをとめ)に当ります。其しるしが此ぢやと、大事さうに頭の躑躅に触れて見せた。

もつと変つた話を聞かせぬかえと誘はれて、身分に高下はあつても、同じ若い同士だから、色々な田舎咄をして行つた。其を後(のち)に乳母(おも)たちが聴いて気になることがあつた。山ごもりして居ると、小屋の上の崖をつた〳〵と踏み下りて来る者がある。ようべ、真夜中のことである。一様にうなされて苦しい息をついてゐる[※1]と、音はそのまゝ、真直に下へ降つて行つた。どどどと云ふ響き。――ちようど其が、此廬堂の真上の高処（たか）に当つて居た。こんな処に道はない筈ぢやがと、今朝起きぬけに見ると、案の定（じやう）、赤土の大崩崖（おほなぎ）。ようべの音は音ばかりで、ちつとも痕はなかつた。

其で思ひ合せられるのは、此頃ちよく〳〵、子から丑の間に、里から見えるこのあたりの尾の上に光り物がしたり、時ならぬ一時颪（いつときおろし）[※2]の凄い唸りが聞えたりする。今までつひに聞かぬこと。里人は唯かう恐れ謹しんで居るとも、言つた。

こんな話を残して行つて里の娘たちは、苗代田の畔に、めい〳〵のかざしの躑躅花を挿して帰つて、其ももう寝ついたであらう。夜はひた更けに更けて行く。昼の恐れのなごりに寝苦しがつて居た女たちも、おびえ疲れに寝入つてしまつた。頭上の崖で、寝鳥の鳴き声がした。郎女は、まどろんだとも思はない目を、ふつと開いた。続いて今一響き、びしとしたのは、鳥などを翼ぐるめひき裂いたらしい音である。だが其だけで、山は音どころか、物も絶えたやうに、虚しい空間になつた。

1　〈底〉「る」脱。

2　颪（おろし）――「颪」は国字、「おろし」は山から吹き下ろす風。

郎女の額(ぬか)の上の天井の光りの暈(かさ)が、ほの〴〵と白んで来る。明りの隈はあちこちに偏倚(かたよ)つて、光りを竪にくぎつて行く。と見る間に、ぱつと明るくなる。そこに大きな花。真白な菫。その花びらが、幾つにも分けて見せる隈、仏の花の白蓮華(びやくれんぐゑ)※3と言ふものであらう※4か。郎女には何とも知れぬ浄らかな花が、車輪のやうに、宙にぱつと開いてゐる。仄暗い蕋※5の処に、むら〳〵と雲のやうに動くものがある。黄金の蕋をふりわける。其は髪である。髪の中から匂ひ出た荘厳な顔。閉ぢた眦が憂ひを持つて、見おろして居る。あゝ肩、胸、顕はな肌。――冷え〴〵とした白い肌。をゝ、※6おいとほしい。

郎女は、自身の声に目が覚めた。夢から続いて口は尚夢のやうに、語を逐※7うて居た。

おいとほしい。お寒からうに。

十一

山の躑躅の色は様々である。色の一つのものだけが一時に咲き出して、一時に萎(しぼ)む。さうして、凡一月は、後から後から替つた色のが匂ひ出て、若夏の青雲の下に、禿げた岩も、枯れた柴木山も、はでなかざしをつける※8。其間に、藤の短い花房が、

3　華(ぐゑ)―〈底〉「華」のルビ「げ」（活字転倒）、字音「ぐゑ」に改める。

4　〈底〉「う」脱。

5　蕋―読みは「しべ」。

6　〈底〉読点脱、一字空白。

7　逐―〈底〉「遂」誤。

十一

8　かざしをつける―山が花をかざすことは、柿本人麻呂の吉野賛歌（1・三八）に、「春へには花かざしもち秋立てば黄葉かざせり」とみえる。

白く又紫に垂れて、老い木の幹の高さを切なく寂しく見せる。下草に交つて馬酔木(あしび)が雪のやうに咲いても、花めいた心を、誰に起させることもなしに過ぎるあはれさだ。

もう此頃になると、山は厭はしいほど緑に埋れ、谷は深々と、繁りに隠されてしまふ。郭公(くわつこう)は早く鳴き嗄らし、時鳥が替つて日も夜も鳴く。

草の花が、どつと怒濤の寄せるやうに咲き出して、山全体が花原見たやうになつて行く。里の麦は刈り急がれ、田の原は一様に青みわたつて、もうこんなに伸びたかと驚くほどになる。家の庭苑(その)にも、立ち替り咲き替つて、植ゑ木、草花が何処まで盛り続けるかと思はれる。だが其も一盛りで、坪はひそまり返つたやうな時が来る。池には葦が伸び蒲が秀(ほ)き、藺(ゐ)※1が抽んでる。遅々として、併し忘れた頃に、俄かに伸(の)し上るやうに育つのは、蓮の葉であつた。

前年から今年にかけて、海の彼方の新羅の暴状※2が、目立つて棄て置かれないものに見えて来た。大宰府からは、軍船を新造して新羅征伐の設けをせよと言ふ命の降りるのを、都へ度々請うておこして居た。此忙しい時に、偶然流人大宰員外帥として、其処に居た横佩家の豊成は、思ひがけない日々を送らねばならなかつた※3。

1　藺(ゐ)―「藺」は、いぐさ。

2　新羅の暴状―一〇〇頁脚注1参照。

3　〈全〉では、豊成は難波にいるという史実に合わせてあるために、難波にいるのに多忙だという不自然な内容になっている。

都※4の姫の事は、子古の状で知つたし、又、京・西海道を往来する頻繁な使に文をことづてる事は易かつたけれども、どう処置してよいか、途方に昏れた。ちよつと見は何でもない事の様で、実は重大な家の大事である。其だけに彼の心の優柔は、益募るばかりであつた。

寺々の知音に寄せて、当麻寺へ、よい様に命じてくれる様にと書いてもやつた。又横佩垣内の家の長老(とね)・刀自たちには、ひたすら、汝等の主の郎女を護つて居れと言ふやうな、抽象なことを答へて来た。

次の消息には、何かと具体的な仰せつけがあるだらうと待つて居る間に、日が立ち月が過ぎて行くばかりである。其間にも姫の失はれたと見える魂が、お身に戻るかと、其だけで山村に人々は止つて居た。物思ひに屈託ばかりしても居ない若人たちは、もう池のほとりにおり立つて、伸びた蓮の茎を切り集め出した。其を見て居た寺の婢女(めやつこ)が、其はまだ若い、まう半月もおかねばと言つて、寺田の一部に蓮根(はすね)を取る為に作つてあつた蓮田(はちすだ)へ案内しようと言ひ出した。

あて人の家自身が、農村の大家(おほやけ)であつた。其が次第に官人(つかさびと)らしい姿に更つて来ても、家庭の生活は、何時まで立つても、何処か農家らしい様子が、家構へにも、屋敷の広場(には)にも、家の中の雑用具(ざふようぐ)にも、残つて居た。第一、女たちの生活は、起(たち)

---

4 都――〈底〉活字転倒。

居ふるまひなり、服装なりは優雅に優雅にと変つては行つたが、やはり昔の農家の家内の匂ひがつき纏うて離れなかつた。刈り上げの秋になると、夫と離れて暮す年頃に達した夫人などは、よく其家の田荘へ行つて※1、数日を過して来るやうな習はしも、絶えることなくくり返されて居た。

だから、刀自たちは固より若人らも、つくねんと女部屋の薄暗がりに明し暮して居るのではなかつた。其々に自分の出た村方の手芸を覚えて居て、其を仕へる君の為にと、出精してはたらいた。

裳の褶をつくるのにない※2術を持つた女などが、何でも無いことで、とりわけ重宝がられた。袖の先につける鰭袖を美しく為立てゝ、其に珍しい縫ひとりをする女なども居た。こんなのは、どの家庭にもある話でなく、かう言ふ若人をおきあてた家は、一つのよい見てくれを世間に持つ事になるのだ。一般に染めや裁ち縫ひが、家々の顔見合はぬ女どうしの競技のやうにもてはやされた。摺り染めや叩き染めの技術も、女たちの間には目立たぬ進歩が年々にあつたが、浸で染めの為の染料が、韓の技工人の影響から、途方もなく変化した。紫と謂つても、茜と謂つても、皆昔の様な染め漿※3の処置はせなく※4なつた。さうして、染め上げも艶々しくはでなものになつて来た。表向きは、かうした色は許されぬ※5もの

1　田荘へ行つて―万葉集4・七二三歌に、「大伴坂上郎女、跡見の庄より、宅に留まれる女子大嬢に賜ふ歌一首」があり、これは坂上郎女が大伴家の田荘跡見（奈良県桜井市付近か）に行き、しばらく留まっていたことを示す。これによったのであろう。

2　ない―この「ない」は、またとないの意。〈全〉「珍（ナ）い」。

3　漿―「漿ショウ」は、液汁、「染め漿」は、染色に用いる液体。シホは、染色や醸造作業の回数をいう助数詞、「入」をあてる。それを染料液そのものの名に用いている。

4　せなく―大阪ことばで、「～しない」を「～せん」と言う。それを連用形にした形。

5　許されぬ―禁色を指す。「衣

と次第になつて来たけれど、家の女部屋までは、官の目が届くはずもなかつた。家庭の主婦が手まはりの人を促したてゝ、自身も精励してするやうな為事は、あて人の家では、刀自等の受け持ちであつた。若人たちも、田畠に出ないと言ふばかりで、家の中での為事は、見参をしないで、田舎に暮して居た頃と大差はなかつた。違ふのは、其家々の神々に仕へると言ふ、誇りでもあるが、小むつかしい事がつけ加へられて居る位のことである。外出には、下人たちの見ぬ様に、笠を深々とかづき、其下には、更に薄帛を垂らして出かけた。

一時立たない中に、婢女ばかりでなく、自身たちも田におりたつたと見えて泥だらけになつて、若人たち十数人は戻つて来た。皆手に手に張り切つて発育した蓮の茎を抱へて、廬の前に並んだのには、常々くすりとも笑はぬ乳母さへ、腹の皮をよつて切ながつた。

郎女様。御覧じませ。

竪帷を手でのけて、姫に見せるだけが、やつとのことであつた。

ほう――。

何が笑ふべきものか、何が憎むに値するものか、一切知らぬ上臈には、唯常と変つた、皆の姿が羨しく思はれた。

服令」に皇太子以下の服の色の規定がある。より上位の階の色を着けてはならなかった。

この身も、田居とやらにおり立ちたい――。

めつさうな。

刀自は、驚いて姫の詞を堰き止めた。

女たちは、板屋に戻つても長く、健やかな喜びを、皆して語つて居た。全く些(すこ)しの悪意もまじへないで、言ひたいまゝの気持ちから、

田居へおりたちたい――。

を反復した。

めつさうな。

きまつて、誇張した表現で答へることも、此と同時に、この小社会で行はれ出した。何から何まで縛りつけるやうな身狭乳母(むさのおも)に対する反感が、此で幾分帳消しになる気がするのであらう。

其日からもう、若人たちの糸縒りは初まつた。夜はまつ暗の中で寝る女たちには、稀に男の声を聞くことのある奈良の垣内(かきつ)住ひが恋しかつた。朝は又、何もかも忘れたやうになつて績(う)み貯める。

さうした糸の六かせ七かせを持つて出て、郎女に見せたのは、其数日後であつた。

乳母(おも)よ。この糸は蝶鳥の翼よりも美しいが、蜘蛛(くも)の巣(い)※1より弱く見えるがや

---

1 巣(い)――「I、イ（網）蜘蛛の巣、ただし、これと同義のcumono i（蜘蛛の網）と言わなければ理解されないであろう」（日葡）。

――。

郎女は、久しぶりでにつこりした。労を犒らふと共に考への足らぬのを憐むやうである。

なる程、此は脆(さく)※2過ぎまする。

刀自は、若人を呼び集めて、
もつと、きれぬ糸を作り出さねば、物はない。

と言つた。女たちの中の一人が、
それでは、刀自に、何ぞよい思案が――。

さればの――。

昔を守ることばかりはいかついが、新しいことの考へは唯、尋常(よのつね)※3の姥の如く愚かしかつた。

ゆくりない声が、郎女の口から洩れた。

この身の考へることが、出来ることか試して見や。

うま人を軽侮することを神への忌みとして居た昔人である。だが、かすかな軽(かる)しめに似た気持ちが皆の心に動いた。

夏引きの麻生(をふ)の麻(あさ)を績(う)むやうに。そしてもつと日ざらしよく、細くこまやかに

2　脆(さく)――「脆ゼイ」は、もろいの意。「さく」は、「さ（狭）し」の連用形で窮屈だの意。もろくてふさわしくないという意味で振られている。

3　尋常(よのつね)――「よのつね」とよませることは、森鷗外、芥川龍之介にも用例があり、一般的に用いられていたが、古く「尋常(よのつね)に聞けば苦しき呼子鳥声なつかしき時にはなりぬ」（4・一四四七　坂上郎女）にこの例がある。

――。

郎女は、目に見えぬもの※1のさとしを、心の上で綴つて行くやうに、語を吐いた。板屋の前には、俄かに蓮の茎が乾し並べられた。さうして其が乾くと、谷の澱みに持ち下(お)りて浸す。浸しては暴(さら)し、晒しては水に漬(ひ)でた幾日の後、筵の上で槌の音高くこもぐ〳〵、交々(こもぐ)と叩き柔らげた。

その勤しみを、郎女は時には、端近く来て見て居た。咎めようとしても思ひつめたやうな目を※2して見入つて居る姫を見ると、刀自は口を開くことが出来なくなつた。

日晒しの茎を八針(やつ(はり))に裂き、其を又幾針にも裂く。郎女の物言はぬまなざしが、ぢつと若人たちの手もとをまもつて居る。果ては、刀自も言ひ出した。

私も績(う)みませう。

績みに績み、又績みに績んだ。藕糸(はすいと)のまるがせ※3が日に日に殖えて、廬堂(いほりだう)の中に、次第に高く積まれて行つた。

もう今日は、みな月に入る日ぢやの――。

暦(こよみ)のことを謂はれて、刀自はぎよつとした。大昔から暦は聖(ひじり)※4の与る道と考へて来た。其で、男女は唯、長老(とね)の言ふがまゝに、時の来又去つたことを知つて、

---

1 〈底〉「もの」の「の」に傍点、誤。

2 〈底〉「を」脱。

3 まるがせ―球状に丸めたもの、蓮糸を玉にして積んである情景。

4 聖―「ひじり」は、「日知り」が語源。「日知の御世」（1・二九）は、それによる用字。

村や家の行事を進めて行くばかりであつた。だから、教へぬに日月を語ることは、極めて聡（さと）い人の事として居た頃である。愈魂をとり戻されたのかなと、膽（まも）り乍らはら〳〵して居る乳母であつた。

唯、郎女は又秋分の日の近づいて来て居ることを、心にと言ふよりは、身の内にそく〳〵と感じ初めて居たのである。蓮は、池のも、田居のも、極度に長（た）けて、莟の大きくふくらんだのも見え出した。婢女（めやつこ）は、今が刈りしほだと教へたので、若人たちは皆手も足も泥にして、又一日二日、田に立ち暮した。

十二

彼岸中日 ※5秋分の夕。朝曇り後晴れて、海のやうに深碧に凪いだ空に、昼過ぎて白い雲が頻りにちぎれ〳〵に飛んだ。其が門渡（とわた）る船と見えてゐる内に、暴風（あらし）である。空は愈青澄み、昏くなる頃には、藍の様に色濃くなつて行つた。見あげる山の端は、横雲の空のやうに、茜色に輝いて居る。

大山颪。木の葉も、枝も、顔に吹き飛ばされる物は、皆活きて青かつた。板屋は吹きあげられさうに、きしみ揺めいた。若人たちは、悉く郎女の廬に上つて、刀

十二

5 〈底〉〈全〉とも一字アキ。そのままとする。

自を中に心を一つにして、ひしと寄つた。たゞ互の顔が見えるばかりの緊張した気持ちの間に、刻々に移つて行く風。

西から真正面(まとも)に吹き颪したのが、暫らくして北の方から落して来た。やがて、風は山を離れて、平野の方から、山に向つてひた吹きに吹きつけた。峰の松原も、空様(そらざま)に枝を掻き上げられた様になつて、悲鳴を続けた。谷から尾の上に生え上つて居る。萱原は、一様に上へ〳〵と耀(せ)り※1昇るやうに、葉裏を返して扱(こ)き上げられた。

家の中は、もう暗くなつた。だがまだ見える庭先の明りは、黄にかつきりと物の一つ〳〵を鮮やかに見せて居た。

　郎女様が――。

誰かの声である。皆頭の毛が上へのぼる程、ぎよつとした。其が何だと言はれないでも、すべての心が一度に了解して居た。言ひ難い恐怖にかみづつた※2女たちには、声を出す一人も居なかつた。

身狭ノ乳母は、今の今まで、姫の側に寄つて、後から姫を抱へて居たのである。皆の人のけはひで、覚め難い夢から覚めたやうに目を見ひらくと、あゝ、何時の間にか、姫は嫗の両(もろ)腕両膝の間から抜けて居させられぬ。一時に慟哭するやうな

1　耀(せ)り――「耀チョウ」は、売るの意、「せりうり」のセリに読むのは国訓。

2　かみづつた――「かみずる」は、上気して逆上すること。近世は「かみづる」と表記した。

感激が来た。だが長い訓練が、老女の心をとり戻した。凛として反り返る様な力が湧き上つた。

誰ぞ、弓を――。鳴弦※3ぢや。

人を待つ間もなかつた。彼女自身、壁代に寄せかけて置いた白木の檀弓をとり上げて居た。

それ皆の衆――。反閇※4ぞ。それ、もつと声高に――。あつし、あつし、あつし。若人たちも、一人々々の心は疾くに飛んで行つてしまつて居た。唯一つの声で、警蹕※5を発し、反閇した。

あつし、あつし。

あつし、あつし、あつし。

狭い廬の中を踏んで廻つた。脇目からは行道をする群れのやうに。

郎女様は、こちらに御座りますか。

万法蔵院の婢女が、息をきらして走つて来て、何時もならせぬやうな無作法で、近々と廬の砌に立つて叫んだ。

なに――。

皆の口が一つであつた。

---

3 鳴弦―「つるうち」は、悪霊退散のまじないとして弓の弦を鳴らすこと。

4 反閇―「反閇ヘンハイ」は、陰陽道の安倍家に伝わる方術で、貴人の神拝や外出に際して、邪気を封じ込めるために行う。悪しき方角を踏み破る秘法だから、「あしぶみ」の読みをつけている。「返閇、天子出御の時、陰陽家の行へるなり」(下学集)。陰陽道の心得のない身狭乳母が行ったのでは効果は疑わしいが、知っている魔除けを何でもやらずにはいられないのであろう。

5 警蹕―「蹕」は人偏にも作り、さきばらいのこと。天子や貴人の外出のさきばらいをして、「おし、おし」などと声を発した。ここではその声を「あつし、あつし」と描写してある。

郎女様かと思はれるあて人が――、み寺の門(かど)に立つて居さつせる※1で、知らせに馳けつけました。

今度は、乳母(おも)一人の声が答へた。

なに。み寺の門に。

婢女を先に、行道の群れは、小石を飛す嵐の中を早足に練り出した。

あつし、あつし、あつし。

声は遠くからも聞えた。大風をつき抜く様な鋭声(とごゑ)が野面(づら)に伝はる。

万法蔵院は実に寂(せき)として居る。山風は物忘れした様に鎮まつて居た。夕闇はそろ〱かぶさつて来て居るのに、山裾のひらけた処を占めた寺は、白砂が昼の明りを残してゐた。こゝからよく見える二上山(ふたかみ)の頂は、広く赤々と夕映えてゐる。

姫は山田の道場から仰ぐ空の狭さを悲しんでゐる間に、何時かこゝまで来て居たのである。浄域を穢した物忌みにこもつてゐる身と言ふことを忘れさせないものが、心の隅にあつたのであらう。門の閾から伸び上るやうにして、山の際(は)の空を見入つて居る。

暫くおだやんで居た嵐が、又山に廻つたらしい。だが寺は物音もない。

1　さつせる――「さしやる」の促音便化した近世語「さつしやる」の訛形。

男嶽(をのかみ)と女嶽(めのかみ)との間になだれ落ちてゐる大きな曲線(たわ)が、又次第に両方へ聳(そゝ)つて行つてゐる此二つの峰の間(あひだ)の広い空際(そらぎは)。薄れかゝつた茜の雲が、急に輝き出して、白銀(はくぎん)の炎をあげて来る。山の間(ま)に充満して居た夕闇は、光りに照されて紫だつて動き初めた。

さうして暫くは、外に動くもののない明るさ。山の空は、唯白々として照り出されて居る。

肌、肩、脇、胸、豊満な姿が、山の曲線(たわ)の松原の上に現れた。併し、俤に見つゞけた其顔のみはやつれてほの暗かつた。

　今すこし著(しる)くみ姿示したまへ。

※2郎女の口よりも、皮膚をつんざいて、あげた叫びである。山腹の紫は、雲となつて靉(たなび)き、次第々々に降(さが)る様に見えた。明るいのは山の際(は)ばかりではなかつた。地上は砂(いさご)の数もよまれるばかりである。

しづかに〱雲はおりて来る。万法蔵院の香殿・講堂・塔婆・楼閣・山門・僧房・庫裡、悉く、金に、朱に、青に、昼より著(いちじる)く見え、自(みづか)ら光りを発して居た。

庭の砂の上にすれぐ〱に、雲は揺曳して、そこにあり〱と半身を顕した尊者の姿が、手にとる様に見えた。匂ひやかな笑み※3を含んだ顔が、はじめて、まと

2　〈底〉一字下ゲ、誤。

3　匂ひやかな笑み――〈底〉「匂ひやか笑なみ」、「な」の位置誤。

もに郎女に向けられた。伏し目に半ば閉ぢられた目は、此時姫を認めたやうに清(すゞ)しく見ひらいた。軽くつぐんだ唇は、この女性(にょしゃう)に向うて物を告げてゞも居るやうに、ほぐれて見えた。

郎女は尊さに、目の低(た)れて来る思ひがした。だが、此時を過ぐしてはと思ふ一心で、その御(み)姿から目を外さなかつた。

あて人を讃へる語と思ひこんだあの語が、又心から迸り出た。

　あなたふと、阿弥陀仏　なも阿弥陀仏。

瞬間に明りが薄れて行つて、まのあたりに見える雲も、雲の上の尊者の姿も、ほのぐ〳〵と暗くなり、段々に高く〳〵上つて行く。

姫が目送する間もない程であつた。忽、二上山の山の端(は)に溶け入るやうに消えて、まつくらな空ばかりがたなびいた。

　あつし　あつし。

足を踏み、前(さき)を駆(お)ふ声が、耳もとまで近づいて来た。

十三

十三

当麻の邑は此頃、一本の草、一塊の石にも光りがあるほど、賑ひ充ちて居る。当麻真人家の氏神当麻津彦の社には、祭り時に外れた昨今、急に氏の上の拝礼があつた。故上総守老ノ真人以来、暫らく絶えて居たことであつた。其上、もう二三日に迫つた八月の朔日には、奈良の宮から勅使が来向はれる筈であつた。当麻氏から出られた大夫人のお生み申された宮※1の御代にあらたまることになつたからである。

廬堂の中は、前よりは更に狭くなつて居た。郎女が奈良の御館からとり寄せた高機を設てたからである。機織りに長けた女も一人や二人は、若人の中に居た。此女らが動かして見せる筬や梭の扱ひ方を、姫はすぐに会得した。機に上つて日ねもす※2、時には終夜織つて見るけれど、蓮の糸は、すぐに円になつたり、断れたりした。其でも倦まずさへ織つて居れば、何時か織れるものと信じてゐる様に、脇目からは見えた。

乳母は、人に見せた事のない憂はしげな顔を、此頃よくしてゐる。

何しろ、唐土でも、天竺から渡つた物より手に入らぬといふ藕糸織を遊ばさうと言ふのぢやものなう。

話相手にもしなかつた若い者たちにすら、こんな事を言ふ様になつた。

---

1 当麻氏から出られた大夫人のお生み申された宮―淳仁天皇を指す。もと天武天皇の皇子舎人親王の第七子大炊王。母は当麻山背。藤原仲麻呂の長男真従死亡後その妻粟田諸姉を娶り、仲麻呂邸に住んでいた。天平勝宝九歳〈七五七〉、孝謙天皇は皇太子道祖王を淫行多しとして廃し、大炊王を皇太子に指名した。翌年譲位によって即位する。母当麻山背は、尊んで大夫人（だいふじん）と称された。しかし、仲麻呂の失脚（七六四）後、淳仁は淡路に配流となり、孝謙が重祚（称徳天皇）したため、廃帝、淡路廃帝と呼ばれた。諡号淳仁は明治に贈られた。

2 〈底〉「ね日もす」、誤。

かう糸が無駄になつては——。今の間にどし〳〵績(う)んで置かいでは——。刀自の語で、若人たちは又、広々とした野や田の面が見られると、胸の寛ぎを覚えた。

さうして、女たちの苅つた蓮積み車が、廬に戻つて来ると、何よりも先に、田居への降(くだ)り道に見た、当麻の邑の騒ぎの噂である。

郎女様の亡くなられたお従兄(いとこ)※1も、嘸お嬉しいであらう。

恵美※2の御館(みたち)の叔父君の世界のやうになつて行くのぢや。※3

兄御を、帥の殿に落しておいて、愈其後釜の右大臣におなりるのぢやげな。

あて人に仕へて居ても、女はうつかりすると、人の評判に時を移す。

やめい〳〵。お耳ざはりぢや。

しまひは、乳母が叱りに出た。だが身狭刀自(むさのとじ)自身の胸の中でも、もだ〳〵と咽喉につまつた物のある感じが、残らずには居なかつた。さうして、そんなことにかまけずに、何の訣か知らぬが、一心に糸を績(う)み、機を織つて居る育ての姫君が、いとほしくてたまらないのであつた。

昼の中多く出た虻は潜んでしまつたが、蚊は中秋になると、益あばれ出して来る。日中の昂奮で皆は正体もなく寝た。身狭までが、姫の起き明す灯の明りを避けて、

1　従兄(いとこ)—仲麻呂の長男真従を指すか。かつての妻が天子の妃となるのだからさぞ（嘸は国訓でサゾと読む）うれしかろうと口さがない噂をしているのであろう。

2　恵美—仲麻呂が恵美押勝の名を賜ったのは、淳仁即位の直後である。同時に太保（右大臣）となる。↓解説一六一頁

3　ぢや—断定の助動詞。「だ」に対して、近世上方で用いられた。次行の「ぢやげな」の「げな」は伝聞。「げ」は様子を表す。

隅の物蔭に深い鼾を立てはじめた。
郎女は、断（き）つては織り、織つては断り、手もだるくなつてもまだ梭（ひ）を放さない。
だが此頃の姫の心は満ち足らうて居た。あれほど夜々（よるよる）見て居た俤人（おもかげびと）の姿をも見ないで、安らかな気持ちが続いてゐる。

　此機を織り上げて、あの御人の素肌の御身を掩うてあげたい。
其ばかり考へて居る。あて人は、世の中になし遂げられないと言ふことを知らないのであつた。

　ちやう　ちやう　はた　はた。

　はた　はた　ちやう。

筬を流れるやうに手もとにくり寄せられる糸が、動かなくなつた。引いても扱（こ）いても通らない。筬の歯が幾枚も毀（こぼ）れて糸筋の上にかゝつて居るのが見える。
郎女は溜め息をついた。乳母に問うても知るまい。女たちを起して聞いた所で、滑らかに動かすことはえすまい。

　どうしたら、よいのだらう。

姫は、はじめて顔へ偏（かたよ）つてかゝつて来る髪のうるさゝを感じた。梭を揺つて見た。
筬の櫛目を覗いて見た。

あゝ、何時になつたら、衣（ころも）をお貸し申すことが出来よう。

もう、外の叢で鳴き出した蟋蟀の声を、瞬間思ひ出して居た。

どれ、およこし遊ばせ、かう直せば動かぬことも御座るまいて――。

どうやら聞いた気がする、その声が機の外にした。

あて人の姫は、何処から来た人とも疑はなかつた。唯、さうした好意ある人を予想して居た時なので、
では、見てたもれ。

言ひ放つて、機をおりた。

女は尼であつた。髪を切つて尼そぎにした女は、其も二三度は見かけたこともあつたが、剃髪した尼を見たことのない姫であつた。

はた　はた　ちやう　ちやう。

元の通りの音が整つて出て来た。

草の糸は、かう言ふ風には織るものでは御座りませぬ。もつと寄つて御覧じ――。これかう――おわかりかえ。

当麻語部ノ嫗の声である。だが、そんなことは、郎女には問題ではなかつた。

おわかりなさるかえ。これかう――。

姫の心はこだまの如く聡くなつて居た。此才伎の経緯※1はすぐ呑み込まれた。

織つてごらうじませ。

姫が高機に代つて入ると、尼は機蔭に身を倚せて立つた。

はた　はた　ゆら　ゆら。

音までが変つて澄み上つた。

女鳥の　わがおほきみの織す機。誰が為ねろかも※2――、御存じ及びで御座りませうなあ。昔、かう、機殿の牕からのぞきこんで問はれたお方様がござりましたつけ。――その時、その貴い女性がの、
たか行くや　隼別の御被服料――、※3さうお答へなされたとなう。

この中申し上げた滋賀津彦は、やはり隼別でも御座りました。天若日子でも御座りました。天の日に矢を射かける――。※4併し極みなく美しいお人で御座りましたがよ。

截りはたりちやう〳〵、早く織らねば、やがて岩牀の凍る冷い秋がまゐりますがよ――。

郎女は、ふつと覚めた。夢だつたのである。だが、梭をとり直して見ると、
はた　はた　ゆら　ゆら　ゆら　はたゝ。

1　経緯―〈底〉ルビ「ゆくたて」、「く」誤。
2　女鳥の～為ねろかも、たか行くや～御被服料―古事記下巻、速総別王と女鳥王との悲恋を語る段の歌。女鳥王は仁徳天皇に召されるが、使者であった速総別王を選び、仁徳に追われて二人が逃走する筋の中、女鳥王が織っている服は誰のためかと問われ、速総別王のためだと答える二首の歌（記歌謡66 67）。
3　〈底〉読点ナシ、前の引用にそろえる。
4　〈底〉句点脱。

美しい織物が筬の目から迸る。

　はた　はた　ゆら　ゆら。

思ひつめてまどろんでゐた中に、郎女の智慧が、一つの閾を越えたのである。

十四

望[※1]の夜の月が冴えて居た。若人たちは、今日、郎女の織りあげた一反の上帛を、夜の更けるのも忘れて、見讃して居た。

　この月の光りを受けた美しさ。

　縑のやうで、韓織のやうで、——やつぱり此より外にはない、清らかな上帛ぢや。

刀自も、遠くなつた眼をすがめながら、譬へやうのない美しさと、づつしりとした手あたりを、若い者のやうに楽しんでは、撫でまはして居た。

二度目の機は、初めの日数の半であがつた。三反の上帛を織りあげて、姫の心には、新しい不安が頭をあげて来た。五反目を織りきると、機に上ることをやめた。さうして日も夜も、針を動した。

長月の空には、三日の月のほのめき出したのさへ寒く眺められる。この夜寒に、

十四
1　望―八月十五日。秋分の日はこのあたりで、天平宝字二年は八月十二日であった。前章で物語は一旦八月中旬に戻る。秋分の日の出来事が経験されるのは、ちょうど上帛が順調に織られている頃ということになる。

俤人の白い肩を思ふだけでも堪へられなかつた。
裁ち縫ふわざは、あて人の子のする事ではなかつた。唯、他人(ひと)の手に触れさせたくない。かう思ふ心から解いては縫ひ、縫うてはほどきした。現し世(うつしよ)の幾人にも当る大きなお身に合ふ、衣を縫ふすべを知らなかつた。せつかく織り上げた上帛(はた)を裁つたり切つたり、段々布は狭くなつて行つた。

女たちも、唯姫の手わざを見て居るばかりであつた。其も何を縫ふものとも考へ当ら[※2]ないで、囁きに日を暮して居た。

[※3]其上、日に増し、外は冷えて来る。早く奈良の御館(みたち)に帰る日の来ることを願ふばかりになつた。郎女は、暖い昼、薄暗い廬の中でうつとりとしてゐた。その時、語部(かたり)の尼が歩み寄つて来るのを又まざ〳〵と見たのである。

何を思案遊ばす。壁代(かべしろ)の様に縦横に裁ちついで、其まゝ身に纏ふやうになさる外は御座らぬ。それ、こゝに紐をつけて 肩の上でくりあはせれば、昼は衣になりませう。紐を解いて敷いて、折り返して被(かぶ)れば、やがて夜の衾(ふすま)にもなりまする。天竺の行人(ぎやうにん)たちの著る袈裟(けさ)と言ふのが、其で御座りまする。早くお縫ひなされ。

だが、気がつくと、やはり昼の夢を見て居たのだ。裁ちきつた布を綴り合せて縫

---

2 当ら――〈底〉「当らか」、「か」衍字。
3 〈底〉一字下ゲ、誤。

ひ初めると、二日もたゝぬ間に、大きな一面の綴りの錦が出来あがつた。

郎女様は、月ごろかゝつて、唯の壁代をお縫ひなされた。

あつたら惜しい。

い、はりの抜けた若人(わかうど)たちが声を落して言うて居る時、姫は悲しみ乍ら、次の営みを考へて居た。

此では、あまりに寒々としてゐる。殯(もがり)の庭の棺(ひつぎ)にかけるひしきもの※1―喪氈―、とやら言ふものと見た目は替るまい。

十五

世の人の心はもう、賢しくなり過ぎて居た。ひとり語りの物語などに、信(しん)をうちこんで聴く者はなくなつてゐる。聞く人のない森の中などで、よくつぶ〲と物言ふ者があると思うて近づくと、其は語部の家の者だつたなど言ふ話が、どの村でも、笑ひ咄のやうに言はれるやうな世の中だ。当麻語部(たぎまのかたりべ)ノ嫗なども、都の上臈(じやうらふ)のもの疑ひせぬ清い心に、知る限りの事を語りかけようとした。だが、忽違つた氏の語部なるが故に、追ひ退(の)けられたのであつた。

1　ひしきもの―敷物か。「ひしきものには袖をしつつも」（伊勢物語三）

十五

さう言ふ聴きてを見当てた刹那に持つた執心は深かつた。その後、自身の家の中でも、又廬堂(いほりだう)に近い木立の蔭でも、或は其[※2]処を見おろす山の上からでも、郎女に向つてするひとり語りを続けて居た。

今年八月、当麻の氏人に縁深いお方が、めでたく世にお上りなされた時こそ、再己(おの)が世に来たと、ほくそ笑みをして居た――が、氏の神祭りにも、語部を請(しやう)じて神語りを宣(の)べさせようともしなかつた。ひきついであつた、勅使の参向の節にも、呼び出されて、当麻氏の古物語を奏上せいと仰せられるかと思うて居たのも、空頼みになつて、その沙汰がなかつた。其此はもう、自分、自分の祖(おや)たちが長く覚え伝へ語りついで、かうした世に逢はうとは考へもつかなかつた時代(ときよ)[※3]が来たのだと思うた瞬間、何もかも見知らぬ世界に住んでゐる気がして、唯驚くばかりであつた。娯しみを失ひきつた当麻の古婆は、もう飯を喰べても味は失つてしまつた。水を飲んでも、口をついて、独り語りが囈言(うはごと)のやうに出るばかりになつた。秋深くなるにつれて、衰への目立つて来た嫗は、知る限りの物語りを、喋りつゞけて死なうと言ふ腹をきめた。さうして郎女の耳に近い処を、ところをと、覓めてさまよふやうになつた。

---

2 其―〈底〉「其」脱、一字空白。〈全〉「其処」。

3 時代(ときよ)―「ときよ」は「時節」に同じ。「時世へて久しくなりにければ」(伊勢物語八二)。

郎女は、奈良の家に送られたことのある大唐の彩色(ゑのぐ)の数々を思ひ出した。其を思ひついたのは、夜であつた。今から、横佩垣内へ馳けつけて、彩色(ゑのぐ)を持つて還れと、命ぜられたのは、女の中に唯一人残つた長老(おとな)である。つひしかこんな言ひつけをしたことのない郎女の、性急な命令に驚いて、女たちも又、何か事が起るのではないかとおどくくして居た。だが、身狭乳母(むさのおも)の計ひで、長老(おとな)は渋々、奈良へ向いて出かけた。

翌くる日、彩色の届けられた時、姫の声ははなやいで、昂奮(はやり)か※1に響いた。女たちの噂した袈裟で謂へば、五十条の袈裟とも言ふべき、藕糸(ぐうし)の錦の上に、郎女の目はぢつと据つて居た。やがて、筆は愉しげにとり上げられた。線描(すみが)きなしに、うちつけに彩色(ゑのぐ)を塗り進めた。美しい彩画(たみゑ)は、七色八色の虹のやうに、郎女の目の前に輝き増して行く。

姫は、緑青を盛つて、層々うち重る楼閣伽藍の屋根を表した。数多い柱や廊の立ち続く姿が、目赫(めかゝや)くばかり朱で彩(た)みあげられた。むらくくと、靉くものは紺青(こんじやう)の雲である。紫雲は一筋長くたなびいて、中央根本堂とも見える屋の前に画(か)きおろされた。雲の上には、金泥(こんでい)の光り輝く靄が、漂ひはじめた。姫の命を失ふまでの念力が、筆のまゝに動いて居る。やがて、金色(こんじき)の気は、次第に凝り成して、照り

1　昂奮(はやり)か―軽快にはずんださまを表す古語。「昂奮」を当ててある。「はやりかなる曲物(ごくもの)など教へて」(源氏物語・東屋)。

充ちた色身――現し世の人とも見えぬ尊い姿が顕れた。

郎女は唯、先の日見た、万法蔵院の夕の幻を筆に追うて居たばかりである。堂・塔・伽藍すべては、当麻のみ寺のありの姿であつた。だが、彩画の上に湧き上つた宮殿楼閣は、兜率天宮※2のたゝずまひさながらであつた。併しながら四十九重の宝宮の内院に現れた尊者の相好は、あの夕、近々と目に見た俤びとの姿を、心に覓めて描き現したばかりであつた。

刀自若人たちは、一刻二刻時の移るのも知らず、身ゆるぎもせずに、姫の前に開かれて来る光りの霞を、唯見呆けて居るばかりであつた。

郎女が、筆を措いて、にこやかな笑ひを蹲踞するこの人々の背にかけ乍ら、のどかに併し、音もなく、山田の廬堂を立ち去つたのに、心づく者は一人もなかつたのである。

姫の俤びとの衣に描いた絵様は、そのまゝ曼陀羅※3の形を具へて居たにしても、姫はその中に、唯一人の色身の幻を画いたに過ぎなかつた。併し、残された刀自若人たちがうち瞻る画面には、見る〳〵、数千地涌の菩薩の姿が浮き出て来た。其は、幾人の人々が同時に見た、白日夢のたぐひかも知れない。

2　兜率天宮―〈底〉「兜」のルビ「とう」誤。「兜率天宮」は、弥勒菩薩が住む浄土。

3　曼陀羅―曼陀羅は、密教で宇宙の真理を表す図で、一定の区画の中に仏や菩薩を配置する。また一般に浄土の姿を描いた図をいうこともある。ここは後者の方で、もとよりモデルは当麻寺に所蔵される曼陀羅図、当麻曼陀羅図を指す。南家郎女が描いたという伝説が古くから知られる。なお最近の研究では、唐からの舶来品とされている（『修理完成記念特別展 糸のみほとけ ―国宝綴織當麻曼荼羅と繡仏―』（奈良国立博物館 二〇一八年七月）による）。

解説

内田賢徳

一　書誌その他

「彼(カ)の人の眠りは、徐(シヅ)かに覚めて行つた」、岩肌の四囲、床を氷と感じ、全身のひきつれとして感覚が戻り、覚醒が始まる。

「死者の書」という標題がなかったら、単行本の読者はただ巌窟に幽閉された人の話かと思うだろう。そして、標題に還ってみても、この死者が何者であるかを知ることはない。「彼の人」とあるだけで、読者を寄せつけない。

最初の回想と独白の中に「耳面刀自」という名が出てくるが、この名に思い当たる人は、まずあるまい。やがて独白は「姉御」について語り出す。その姉の歌、万葉集についてよく知っている人なら、それは大伯皇女の挽歌であり、対象とする死者は、弟、大津皇子と知るだろう。しかし、読み進めると、「彼の人」は大津皇子そのものでないことが分かる。

そして、一方の南家郎女は、第二章で魂呼ばいの対象として取り上げられる。南家郎女という名を見て、すぐに納得する読者は少ない。なぜ魂呼ばいが行われているのか、ここでも多くの読者は戸惑うことになる。

困惑させられる筋立てに、読み進めることを放棄する読者も出て来る。つまり、これは難解な作品である。

難解さの原点は、冒頭の「彼の人」にある。指示詞カは、「誰そ彼れ」のように用いる。黄昏を意味するこの語は、薄暗くなった頃、視界の遠い地点に見えている人物を誰某と特定できないと尋ねる—誰れ、あの人—表現が名詞となった語で、「彼は誰れ」の語順でもよかったが、こちらは「彼は誰れ時」と時を付した。「黄昏時」と言うことはあるが、こちらは「昼飯時」と同じようだと思われている。

現代語で「あの」と発言する時、指す対象について聞き手にも理解が必要で、「あの○○は今」という雑誌見出しが有効であるのは、○○が広く知られていることを前提としている。登場人物の一人が、「あの人のことが忘れられないわ」とつぶやくところから始まる小説を考えることはできるが、作者が読者に向かって、「あの人は街角で立ち止まった」と告げて始まることはない。

文章の冒頭に「彼の」とある時、何らかに読者に了解がない限り、通常の用法とは言えない。作者はそれを承知のうえで、謎を投げかけているということになるだろうし、一般的には創造的な意図と評価されよう。

しかし、これは作者の最初の構想にはなかったことである。

「死者の書」が、今なら総合雑誌に分類される『日本評論』昭和十四年〈一九三九〉一、二、三月号の掲載分を初出とすることは、どの解説にも触れられるところである。ただ、だからと言って『日本評論』を借り出して読んでみようという読者は、およそ少なかろう。作者が推敲を重ねた末の完成形とも言うべき現行の版が、文庫本で三種刊行されている状況下で、初出の版に還ってみることは煩雑ですらある。

ところが、ひとたび初出の版を開いてみると、この作品の構成上の難解さはほとんど解消されてしまう。もちろんこの作品の時代背景や使用語彙の理解という壁はあるが、構成と言うより筋立ては極めて平易である。「彼の人」が出てくるのは二月号掲載分の冒頭であり、既に一月号を読んでいる読者には、それが一月号の最後の章（四）に当麻語部嫗が物語る、此の世に執心を残して幽界（かくりよ）に去った人物であることは明らかであった。つまり、当初「彼の人」はごく通常の文章上の文脈指示だったのである。また南家郎女は、第一回分の第一章に順を追って紹介され、戸惑うことはない。

初出の版は、郎女の登場で始まり、郎女の退場で終わる明快な筋立てをもっていた。その明快な筋立てを作者はなぜ捨ててしまったのか。作品の構成意匠に凝った結果という解答は、作品の名誉のために用意されねばならないが、実際に『日本評論』一月号を開いてみると、驚いてしまうことに直面する。そこには、およそ校正の手が入ったとは受け取れない、誤植でいっぱいの不規則な誌面が現れる。おそらくもっとも驚いたのは作者ではなかったか。作品の本文の最初の文字は衍字であった。「鄭門にはひると、俄かに松風が吹きあてるやうに響いた」。単行本以後のこの作品には「鄭」

字はない。この誤入は単純な理由による。初出の版では本文の前に「穆天子伝」の一部が前文として引用されている。後には削除されるこの引用の末尾——「穆天子伝」自体の末尾でもある——は、「天子入㆓于南鄭㆒」である。これを印刷の職工は「天子入㆓于南㆒。鄭」と組んでしまった。あたかもそこに余ったかのように見える「鄭」字を本文冒頭にまた植字してしまったのである。これはなまじ物知りの読者に誤解を与える。『春秋左氏伝』(荘公十四年)に、「初め内の蛇と外の蛇と、鄭の南門の中に闘ひ、内の蛇死す」とあり、これは妖、つまり経学に悖(もと)る兆が出現し、政変につながるということを意味するという。「鄭門」とはこれをふまえる語だから、作者はそうした妖を匂わすつもりではないか、それもあって、「鄭」で終わる「穆天氏伝」を前文に引いて文章を飾ったのではないか。そして、「鄭門にはひると」という始まりは、文脈的に「穆天氏伝」に続くのではないか。こんな物知りも、「田荘(ナクドマル)」には首をひねってしまう。最初の頁で片仮名ルビはここだけであるから、何か田荘、別業などを意味するナクドマルという西洋語があって、ちょっとした気取りでこう振っているのではないかと思うが、そのような語には、いくら物知りでも思い当たらない。これは誤植である。そしてこの誤植については、作者がこの作品を一月号から三月号までを雑誌から切り取って綴じ、自ら装幀した自装本(國學院大學折口博士記念古代研究所蔵、これには複製本が存する)を閲すれば納得がいく。作者はルビを訂正して「ナリドコロ」と片仮名で朱記している。これを件の職工は誤読したのである。「ナリドコロ——ナクドマル」、字形は類似し、いかにも起こりそうな誤りである。そして、このことから、元の作者原稿には、全体に亙って片仮名ルビが振られていたことが推定される。初出の版で、他にもう一箇所、二月号掲載分の末尾に近い所に「珍貴(ウヅ)」という片仮名ルビがある。更に同号「四―その二―」の始まりの部分に「坊々(まちみ)」というルビがあるが、これは「坊々(マチ、、)」(まち〱)とあったものの「、、」という片仮名踊り字の重点をミと誤読して「まちみ」と平仮名化した跡であろう。では、ルビの平仮名化は誰がしたのか。私はこれを雑誌編集者の所為と考える。印刷の職工がそんなことを意図するはずはない。彼は直されたルビだけでなく、直し忘れも含めて、目に映った文字を忠実に組んだであろう。そして雑誌編集者は、ナクドマルと解読した「田荘」の分からないルビを、前述のように、作者がある西洋語を振ったと判断して、分からないままに片仮名を残したのであろう。

およそ著述をなす者で、著作が刷り上がったものを手にして、最初に衍字があり、更に多数の誤植があった場合に平静でいられる人はまずいないだろう。憤りや忌々しさ、悔恨、そうした感情の入り混じった狼狽を呈するであろう。この作品の作者も例外でなかった証拠に、先掲自装本の本文の最初の頁は、赤、青、黒で訂正と推敲が書き込まれている。そして中でも冒頭の衍字「鄭」は、それぞれの色で三度、恐らくは怒りを込めて塗りつぶされている。そして衍字の原因となった「穆天子伝」の引用には、青インクで囲った中に何本かの交叉する斜線が引かれ、削除の意図が読み取れる(口絵参照)。

このような不体裁はどうして生じたのであろうか。近代文学研究の須田千里氏によると、この頃の雑誌発行では、原稿の入稿が遅いと、著者校正が間に合わないという事例がまま見られるとのことで、この作品もそうであったに相違ない。現に新版全集第三十六巻の詳細な年譜によれば、この作品の執筆は、昭和十三年十二月中旬に第一回分、次いで十四年一月に二、三回分がなされたということである。一方一月号奥付には、「昭和十三年十二月廿一日印刷納本、昭和十四年一月一日発行」と記載されている。このスケジュールでは、なるほど第一回分の校正を行うゆとりはない。

章構成の組み替えはどのように意図されたのか。それを窺えるヒントが第二回、第三回分の題名の記し方にある。それぞれ「死者の書」と記した下に括弧付きで「（正篇）（終篇）」とあり、通し頁になっている。読者は、では第一回は何だったのだろうかと訝る。あるいは第一回にも、例えば「序篇」とあったものを、印刷時に落として欠字となってしまったとも考えられるが、自装本訂正にはそのような書き込みはないから、当初からこれはなかったのだろう。章構成の組み替えがこの作品の当初からあったとは考えられないから、それは時期としては第一回分の『日本評論』昭和十四年〈一九三九〉一月号発行後であろう。そしてそれから二、三月号分の入稿直前の極めて短期間に構想されたと考えると、「（正篇）（終篇）」という標題の但し書きの理由も明らかとなる。一月号印刷のあまりの不出来に、作者はこのまま二、三月号分を続けた形での単行本化はしたくなかった、と言うより、一月号の忌まわしい印象を払拭したかったのであろう。そのためには、その内容を二、三月号の内容の中に解消するしかなかった。―と言うと、あまりに作者の営為を矮小化してはいないかという批判を受けるかも知れない。ただ、その組み替えた構成は、作者にはかえって十分に満足の行くものであったのだろう。一月号の忌まわしい印象は払拭された。

二　物語の空間―平城京

作者はこの八世紀中葉の当麻寺と平城京を舞台とした作品を書くに当たって、平城京についてどの程度の知識をもっていたのであろうか。全集版でも敢えて訂正されない左京を右京と誤るところからは、あまりふれない方がよいと判断されているのかも知れないが、南家の所在を「奈良東城の右京二条第七坊」から「三条第三坊」〈全〉に改めることには、それなりの考証が考えられてよい。私たちは現在、平城京の行き届いた地図を知っている。しかし、それは昭和四十年〈一九六五〉頃から高まった、平城宮復元保存運動の結果進められた発掘の成果によっていて、昭和十四年〈一九三九〉当時では、一般には知るよしもなかった。左京二条第七坊は、外京と呼ばれる左京東の張り出し部分（あくまでも左京の一部だから張出左京）に属する。この外京の存在が平城京の一部として提示されたのは、明治四十年〈一九〇七〉六月の「平城京及大内裏考」（『東京帝國大學紀要工科第三冊』東京帝國大學編纂）による。外京の名称もそこに始まった。付図として、助手関野貞の考証による「京城条坊及周囲班田里制図」があり、分かりやすい。左京二条第七坊は、この図面によって構想されたであろう。しかし、その図はあくまで図面であって、どこが現在のどこに該当するかといった観点は見られない。左京二条第七坊は、実際には興福寺境内の北に位置して、外京の東北端に位置する。すると、そこに問題が生じる。武智麻呂の南家は房前の北家に対して南に位置するところから言われた名称であった。とすると、北家は京域から外れてしまうことになる。天平の朝廷を動かした藤原四家の邸宅が京域を外れることはありえない。「三条第三坊」に南家を想定すれば、北家は二条大路を挟んだあたりとなるから、二家とも平城宮に近く、いかにも権門の邸宅らしい位置となる。しかし、そもそも当初なぜ京域の外れに近い左京二条第七坊に南家、いや横佩垣内が置かれたのであろうか。

　これには家持の、馬上で風景を眺め、思案をめぐらせながら京域を動き回る行動（正篇四―その三―）が関わっている。その経路は、一旦朱雀大路を南に向かい、京極つまり南端九条までくだって、それから五条まで上がり、左京へと右折して、「坊角を廻りくねりして」東北に向かい、「何時の間にか、平群（へぐり）の丘や、色々な塔を持つた京西（きやうにし）の寺々の見渡される町尻へ来て居ることに気がついた」とある後に、「二条七坊」、つまり郎女の住む南家、横佩垣内にやってくる。ここは平城京の左京外京の東の端に当たる。とすると、この町尻は二条東端ということになる。そのあたりに、現在登大路という緩い坂がある。そこの少し高くなったところから西を見渡すという想定である。家持に十分京域を彷徨させ、こんなところにまで来たのかという感慨を抱いたところに横佩垣内があるという条件に適うのは、ここで想定されている「二条七坊」という位置がふさわしい。

作者は単行本を構想する中でこの位置の不都合に気付いたのであろう。「三条第三坊」への変更は述べたように権門の屋敷にふさわしい。これはずっと後世の考証によって判明したことだが、仲麻呂の屋敷、田村第は左京四条二坊に推定されていることからも妥当な変更であった。ところがこちらの場合、家持の彷徨には不具合である。「何時の間にか、右（マゝ）京三条三坊まで来てしまつてゐたのである。おれは、こんな処へ来ようといふ考へはなかつたのに――」〈全〉の「こんな処」は、ここでは町尻を指さず、三条第三坊の横佩垣内を指し、そこは京の中心部で、「こんな処」と言えるような地点ではない。その分郎女を目当てにということが際だってしまう。「やつぱり、おれにまだ〳〵若い色好みの心が失せないで居るぞ」という「自分で自分をなだめる様な、反省らしいもの」もわずかだが変化していることになる。

南家の位置のこの変更は、作者に物語の場面を歴史的な事実に沿うようにしようという意図が単行本構想時にあったことを窺わせる。

三　物語の現在

物語の場面を歴史的な事実に沿うようにという意図がもっともよく窺えるのは、南家の主人藤原豊成の扱いである。この初出の版では最初の部分に「その父も、今は筑紫に居る」（一八頁）とあり、大宰府に下向したことになっている。右大臣藤原豊成は、天平勝宝九歳〈七五七〉七月の橘奈良麻呂の変の後、右大臣としての事後処理の不手際を問われて、大宰員外帥に左降されたが、実際は難波の私邸に病と称して留まっていた。〈全〉では、ここの該当部分の次に「尠くとも、姫などは、さう信じて居た」という一文が加えられ、訂正されている。史実に合うようにという配慮である。物語は虚構だが、虚構が虚構として成り立つためには、対応する現実があれば、それにある程度沿うことが求められる。しかし、こうした配慮は徹底したものではなかった。

この物語の現在をいつと想定しうるかということは、単純ではない。登場する人物に即して考えるのが、一往妥当であろう。まずは実在の人物である。

家持は、この物語を現実に対応させるための重要な人物である。仲麻呂邸を訪問する場面（正篇九）で、彼は「八年前、越中国から帰った」（一〇九頁）と述懐している。家持が越中守から少納言に遷任後、帰京するのは、天平勝宝三年〈七五一〉八月中旬であろう。万葉集の「（天平勝宝三年）七月十七日を以て、少納言に遷任す」と題詞（19・四二四八）にあるのは辞令の日付で、次に八月五日に越中国を出発している（四二五一題詞）。それからまるまる八年後の天平宝字三年、家持はもう因幡国で、正月に万葉集最後の歌を詠んでいる。足かけ八年後なら、天平宝字二年〈七五八〉となる。この年家持は、六月因幡守に左遷される。一方、正篇「四―（その三）―」の冒頭（六五頁）には「兵部大輔大伴家持」とある。家持が兵部大輔となったのは、天平勝宝九歳〈七五七〉六月である。同年は八月に改元して天平宝字元年となり、家持は、十二月には兵部・刑部・大蔵・宮内各省をとりまとめる右中弁に昇任しているから、この場面は、同年六月から十二月の半年間のこととなる。しかし「四―（その三）―」の場面には「春分から二日目の朝」（七一頁）とあって、しかも郎女が出奔してからのことである。これが七五七年なら、その日には、家持は正確には兵部少輔であったことになる。仲麻呂邸を訪問する場面は、躑躅が待ち遠しいと主人が言っているから季節はまだ春であり、数日後ということであろう。こうしたことを勘案すると、この物語の中では、家持は兵部大輔という官職にあると設定されていると言えよう。そしてこの二つの章の場面は、天平勝宝九歳春と推定される。その傍証が、仲麻呂が橘奈良麻呂と大伴古麻呂に言及することに見られる。この二人は天平勝宝九歳、正月に前左大臣橘諸兄が逝去した後六月に仲麻呂誅殺を計画した集団の中心人物であった。企ては空しく処刑され、家持も連座を疑われたのだから、彼らが漢籍に興味をもたないというような話題が二人の間で交わされるはずはない。この二人への言及は、まもなくこの二人が叛乱を起こすということを前提になされているとすべきだろうから、翌年ではなく、同年春とするのが妥当であろう。すると家持の帰京は一年ずれることになる。

こうした分析は、この作品の時代考証の難点をあげつらうように見えるかも知れないが、作者がどういう構想をもったかということにとって重要である。

次の手がかりは仲麻呂の官職名にある。初出の版で「紫微内相」とあり、単行本で「大師藤原恵美中卿」と改められている。その意図を史実と照らして検討する。

孝謙天皇即位後、天平勝宝元年八月、光明皇太后のために紫微中台が設置され、仲麻呂が令（長官）となる。天平勝宝九歳五月に仲麻呂紫微内相となる。中卿は仲麻呂卿の略。単行本の「大師藤原恵美中卿」は、史実では、天平宝字四年正月太師に任じられているから、それ以後の称である。しかしその年には家持はすでに因幡に赴任している（天平宝字三年正月因幡国の歌、万葉集巻末の歌あり）から、ここは天平宝字二年八月、淳仁天皇即位とともに、仲麻呂が太保（右大臣の唐名）に任ぜられ、恵美押勝の名を許された、その太保と二年後の太師が混同されたともとれる。家持が仲麻呂邸を訪れる「終篇九」で、仲麻呂は二人の司についてふれ、「紫微中台と兵部省」としているから、それだけを取れば、これは家持天平勝宝六年四月の兵部少輔任官から、天平宝字元年十二月右中弁任官までの三年半ほどの間となり、齟齬する。設定としては初出の版の方がふさわしい。ところが、前述のように、家持は「八年前、越中国から帰った」と回想していて、帰京は天平勝宝三年〈七五一〉七月、それから足かけ八年後は天平宝字二年〈七五八〉である。その年六月に因幡守に任官している。万葉集巻二十巻末歌の一つ前の歌（20・四五一五）に、二年七月五日に大原真人宅で家持の餞宴が開かれた折の家持歌が載る。六月任官からそれほど日を措かずに赴任したであろう。仲麻呂の称を取れば、この年は天平宝字二年となり、家持に即せば元年となる。内相、紫微台、兵部大輔がほぼ辻褄の合う初出版から齟齬の見られる単行本版への変更は、先の史実に合わせようという変更と逆である。恐らくは仲麻呂が最も勢力を振るった時期の称ということもあろうか。天平宝字二年の時点で仲麻呂と家持に親交のあったことは、巻二十の家持餞宴の歌の直前に二月十日内相（この月はまだ内相）宅における渤海大使餞宴の折の家持の未誦歌（披露しなかった歌）が載ることから推定できるが、未誦というところに関係の微妙さが窺える。

仲麻呂と家持のやりとりからは、家持が再度の地方官への転補の可能性と大伴氏の凋落への懸念に憂慮し煩悶しつつも、仲麻呂には繕った態度で応対しなければならない苦渋の内にあることと、仲麻呂が権力の真っ只中にあることとが対比されている。その効果のためには仲麻呂の地位を絶頂にあった時の称に設定したのであろう。単行本版の「大（太）師」は左大臣の唐名で、恵美押勝の名でその地位にあったのは、淳仁天皇の天平宝字五年から叛乱を企てて戦死する同八年までの三年間である。仲麻呂敗死後、道鏡が王権中枢に座り、淳仁天皇は廃され、淡路島に流となって、孝謙天皇が重祚（称徳天皇）する。ついでに記しておけば、廃帝、淡路廃帝と称されていた淳仁がその諡号を贈られるのは明治になってからである。

作者は、この物語の現在を仲麻呂の権力が絶頂にあり、一方家持は憂悶のうちにある時期として設定したかったのであろう。史実とほぼ整合していた初出の版から、整合しない単行本版での扱いへの変更は、そのことをより際立つように、仲麻呂の称を先取りしたのであろう。その史実との関わり方は、郎女の祖父武智麻呂が太政大臣とされていることにも通う。武智麻呂は、右大臣であった天平九年、疫病にかかり危なくなった七月に左大臣に昇任、その月に薨じている。太政大臣を追贈されたのは天平宝字四年だから、この物語の現在天平宝字元年ないし二年にはまだ左大臣と称されるはずだが、仲麻呂の威勢を示すにはその父の称号も最高のものにしたのであろう。

物語は史実ではない。しかし許される虚構と、あまり史実と異なってはおかしい虚構とがある。そのバランスをどう保つか、単行本への改編に際しての作者の考証と工夫とが、この初出の版を分析することから、種々見えてくる。

物語の現在は、郎女の行動でも検証できる。

「称讃浄土仏摂受経」一千部写経を始めた（二一〇頁）のは、この新訳の経典が大宰府からもたらされたことをきっかけとする。そのためには、父豊成が員外の帥として赴任していなければならない。それは、前述のように史実とは異なるが、物語の上では条件と言えよう。それは奈良麻呂の変の直後であったから、天平勝宝九歳〈七五七〉七月である。そして写経を始めてから、「冬は春になり、夏山と繁った春日山も、既に黄葉して」（二一一頁）とあることをそのまま適用すると、その黄葉の散る季節は、つまり改元して次の年、天平宝字二年〈七五八〉秋となる。しかし、最初に荘厳な面影を目にするのは、写経開始の前、「去年の春分の日」(二二頁)、つまり天平勝宝九歳〈七五七〉の春分の日である。そしてその年の秋分の日に再びその姿を見て、次の天平宝字二年〈七五八〉春、ちょうど彼岸の中日、つまり春分の日に千部を書き終えて、薄暗くなった頃から雨になり、ということは日没は拝めず、三度目の荘厳の姿を見ることなく日暮れを迎え、その夜、郎女は出奔する。ただし一四頁の記述は時期がずれている(一四頁脚注1参照)。とすると、「冬は春になり……既に黄葉して」の描写は、七五七年春からの季節の推移を前の冬に溯って描写していることになる。

郎女の出奔が天平宝字二年〈七五八〉春分の日であるとすると、それからまもなく家持がそれを知り、そして仲麻呂邸を訪問する。二人の官職の不整合は、前述のように、家持は兵部大輔にあって、憂悶の日々を過ごしていた期間として、また仲麻呂は、初出の版では該当するが、単行本に改編以後は権力の絶頂にあった時期の官職に想定された結果と言えようか。そうしたことから、どうやらこの作品は、天平勝宝九歳から改元を挟んで、翌年の天平宝字二年〈七五八〉の期間の出来事とされているということになる。

こうした虚構は、作者が古代をどのように構想していたかということにつながる。作品の虚構性は、次の一節に顕著である。最初に荘厳な姿を目にする場面である。

去年の春分の日の事であつた。入り日の光りをまともに受けて、姫は正座して、西に向つて居た。

日は此屋敷からは、稍坤（ひつじさる）によつた山の端（は）に沈むのである（一二三頁）。

理科に弱い文系の人でも、この文がおかしいことはすぐ分かるだろう。この日太陽は赤道の真上を通るから、陽はどこでも真西に沈む。しかし、これは地上の出来事ではあっても、古代の大和盆地を舞台とすることを考える必要がある。三輪山からほぼ真西に二上山の鞍部はある。春分・秋分という暦学を知る前からこのラインは古代大和盆地の聖なるラインだった。神話的な舞台としての大和盆地にあって、春分・秋分両日の陽はどこにいても二上山の鞍部に沈まねばならないのである。そして、その落日を目撃するところから郎女の物語は始まる。

四　物語のモティーフ

1　滋賀津彦

滋賀津彦は大津皇子をモデルとしている。主要な男の登場人物は歴史上の実名で描かれるのに対して、なぜ滋賀津彦は大津皇子でないのか。これには皇統の人物を死霊として描くことが憚られたという解説がなされ、昭和の戦前期という状況の中で、その客観性も説かれている。しかし、滋賀津彦は大津皇子そのものではない。今一つ、天若日子を通して、平安朝に伝説化された天稚彦が重ねられていることに注意が必要で、大津皇子では、夜処女の臥所を窺うという要件は満たされないことになる。「滋賀」と「彦」とで構成されるこの名は、作品の構成上必要な要件であって、おおけなき筋に配慮した訳ではなかろう。それに大津皇子そのものであると、文章上不都合が生じる。それは「正編三」の死霊が自らの名を思い出す場面（六〇頁）で、「滋賀津彦。即其が、おれだつたのだ」と語る文がある。「大津皇子、其がおれだった」という文はありえない。皇子とは称号であって、自分がそう名告ることはない。単に「大津だ」というのも妙であろう。そもそも天皇や皇子が自ら名告ることはなかっただろう。左右の者が「……皇子さまにあられます」と紹介することはあっても、「我は……皇子である」という状況は考えられない。少しそれるが、万葉集巻一冒頭の雄略御製で、「我許背歯　告目　家呼毛名雄母」という末尾の三句を「我こそは　告らめ　家をも名をも」と訓んで、雄略が名を告げるように理解する—我はワカタケルなり—よりは、「我にこそは　告らめ—私にこそそなたの家と名を告げよ—」と理解する方が、「に」の用例の有無を越えて自然であろう。こうしたことを考えると、大津皇子とした場合、この場面は無効となり、どのようにして死霊が自己認識を復活させるか、別の仕立てが必要になる。そして回復された自己から広がっていく回想も異なった意匠を必要とすることになる。

　そもそもこの人物は、作品の中で二度しか名を記されない人物である。家（つか）の中で名を思い出す場面と、終わりに近い「終篇十三」で当麻語部姥が「この中申し上げた滋賀津彦」と語る場面だけで、これ以外の登場人物はすべてこの名を知らない。つまり極めて匿名性の高い、即ち「the vengeful ghost（ザ・死霊）」であって、大津皇子、天若日子、さらに隼別皇子に亙る、皇（すめろき）に叛いて罰を被ったことで共通するだけの多義的な存在なのである。

滋賀津彦が南家郎女に懸想する、その必然性は、直接的にはない。大津皇子の自決は朱鳥元年〈六八六〉で、この物語の現在を天平宝字二年〈七五八〉とすると七十年ほどの隔たりがあることになる。この隔たりを埋めて、関連を付けるのは、耳面刀自という存在である。三九頁脚注10に記したように、この女性は、『本朝皇胤紹運録』に、大友皇子の皇女壹志姫王について、「従四下。母大職冠女耳面刀自」とあるのみの、他に名を記されない存在である。この存在に行き当たったことで、この作品は肝要な筋を得たと言えよう。この女性、郎女からは曾祖父の姉妹に当たる存在への執心が、血筋をたどって郎女へと向けられるのである。

ここで、冒頭に引かれた「穆天子伝」の引用意図が見えてくる。引用の末尾に近いあたりに、天子は亡くなった愛妃盛姫への悼（いた）みに終始しているが、従者の「新しい人もあることをお忘れになってはなりません」という進言を容れて悲しむことをやめるというくだりがある。これは滋賀津彦が耳面刀自から、血筋を追って南家郎女に懸想するという内容の伏線となり、またそのそれらしさを補強する。しかし、自装本で削除の印が付された青インクは訂正の書き込まれた青インクと同じなので、削除は早い時期に判断されたと推定される。一月号分の再編を意図した段階で削除を決め、そして単行本で、唐突に滋賀津彦が登場する構成とする場合、これがあると間延びすることにもなり、削除は好都合であった。

2　南家郎女

郎女はこの滋賀津彦の宿執によって、二重の枷を掛けられることになる。

仲麻呂の語りを通して、読者はこの郎女が藤原氏全体の祭式を務める斎王的な存在たることを運命づけられていると知る。ただ、史実としては藤原氏の女が一人、春日祭で斎女（いつきめ）を務めるのは貞観十一年〈八六九〉からであって（前川明久参考文献）、奈良朝には見られなかったことである。これには、この作品についての作者の構想が深く関わっている。昭和二年〈一九二七〉の「水の女」は、作者折口信夫が、古代祭祀において女が大きな役割を負っていたことを説き、とりわけ中臣女が水に関わる呪力を有して祭祀に携わったとする著作である。この作品の南家郎女はそうした役割を務めるか、大叔母光明子がそうであったように、入内するかであろうと噂されていたと書かれている。いずれにせよ、藤原の優れた性質の処女に運命づけられていた道を歩まねばならなかった。郎女は家持が「神さびたたち」と評している、一種神懸かり的な女性として登場している。そこへさらに滋賀津彦の宿執を負うことになるのである。氏の制度的な宿命と、古代の古い宗教的観念を代表する当麻語部姥や、行方不明になった郎女の魂呼ばいをする人たちが語り、演じてみせる呪わしい古代の超越からの枷、郎女はこの二つの呪縛の中を生きねばならない。

写経は、郎女のもう一つの契機である新しいものへの目覚めを導く。「称讃浄土仏摂受経」の写経は、もとより虚構である。史実としては、『続紀』天平宝字四年七月二十六日、光明皇太后の七々の斎会にあたって、「称讃浄土経」を写させ、全国の国分寺・国分尼寺に配布したとあるのがそれである。郎女の「称讃浄土仏摂受経」一千部写経は、この作品の材となった『私聚百因縁集』「当麻曼荼羅縁起」に見られるから、それによったのであろう。原話では、ひたすら仏道への帰依に基づく写経であるが、この作品の郎女にはそうした機縁は記されない。

父の心づくしの贈り物の中で、一番郎女の心を明るくしたのは、此新訳の阿弥陀経一巻であった。父の大宰府からの贈り物、つまり大陸の新しい文物の一つであるものへの、どちらかと言えば知的な興味ということであろう。そうした面に、家持が心惹かれているというのが、この物語の副旋律をなしている。

奇瑞は、前述のようにこの写経開始の前に始まっており、また写経の動機となってはいない。つまり二つの体験は、始まりに必然的な関連を与えられていない。しかし、春分・秋分の日がめぐるたびにこの二つは縁づけられて行き、山の端に現れる半裸の超越に、郎女は自ずと、写経の中で知った称名を口にする。それを阿弥陀仏という新しい超越と自覚し、それに帰依することで、郎女は自身に課された二重の枷から解放される。そしてその解放が、一方で郎女に執着する死霊という古い―古代的な超越を物語の舞台から消しさる。それは死者が納まるべき場所へと後退したと言えようか。

郎女が一心不乱に作り上げる織物は、その製作を技術的に導いた当麻語部姥にとっては、死霊にこそ捧げられるものであったが、郎女はそれに気付くこともなく、新しい超越にふさわしい曼陀羅図を織りあげる。

3　大伴家持

家持は「四十を二つ三つ越えたばかり」の年齢に想定してある。六七頁脚注7に記したように、霊亀二年の生まれとなる。こんな年になりながらと自省しつつも、家持の南家郎女に対する興味がさりげなく描かれている。写経するような教養のある女性という捉え方である。家持は、官人でありつつ一方で歌に近代的な方法を積極的に取り入れた人物でもある。この頃の近代というと、中国の詩文を熟知していたということにつきる。家持の作歌の中で、特徴的なものが詠物である。詠物は、中国の六朝期から展開された詩の技法で、細かいものをできるだけ描写的に捉えて詩を作る方法である。家持はそれをいち早く本格的に自らの方法とした。また、仲麻呂との会話で出てくる『遊仙窟』という、当時日本に紹介された唐の時代の最先端の文学をふまえる歌を、後の妻の坂上大嬢に贈っている。物語の中の「新しい時代」という面を、最先端の文学の旗手であった家持という存在によって示している。そのような存在でありながら、一方に、大伴氏が引き摺った古い宿命、つまり古くから軍事を担当する有力な氏族であるという枷を掛けられてもいる。父旅人五十二歳の年に生まれた、どうやら庶子であったらしいけれども嗣子として育ち、若いときから大納言家の世嗣として行動しなければならなかった宿命は、四十二、三ともなると一層重くのしかかってくる。新しさと古さの狭間で、彼はメランコリックなものを持った愁いに沈んでいく――という理解は、実は折口信夫の家持理解であった。南家郎女の近代と古代に揺り動かされる存在というあり方は、そういう意味では、既に家持にその範がある。二人はこの作品の中でそういう同質性を帯びながら交わることはない。郎女という主旋律に対して、家持は副旋律と言えるような位置を占めている。郎女のあり方が、実在の人物家持によって現実性を与えられているとも言えよう。

五　まとめ

初出の版は、郎女が登場して始まり、退場して終わる。読者にすんなりと受け容れられる筋をもっていた。古い古代的な宿命を負って生きていた郎女が、写経によって新しい超越に目覚める。郎女に憑依しようとしていた古い超越―死者は、その行為によって背後化し、消えて行く。死者が死へと納まる、その意味における「死者の書」と言ってもよい。郎女は、寒そうに見えたその尊体を自作の大きな織物で蔽うことを意図し、織物を完成させる。折口の祭式についての知見を参照すれば、この蔽いたいという動機が幣（ぬさ）をまつることの基本的な意義として説かれていることに思い当たるだろう（「餓鬼阿彌蘇生譚」大正十五年『全集第二巻　古代研究（民俗学篇1）』）。聖徳太子が路傍の飢餓者に御衣を掛けて労ったという伝説（推古紀、霊異記）にも連なる。

一方に、同じく古代的な氏の宿命と、歌に示される新しい知との間に揺れ、それを超克することのなかった家持が対照的に描かれる。もっとも複雑な心境の時期に設定されるのもその効果の故である。―家持は、結局歌を捨て、政治的人間として生きる道、つまり、大伴氏の宿命に殉じる。

郎女の織り彩取った織物は、当麻曼陀羅図として、当麻寺に伝わる。曼陀羅は、密教で宇宙の真理を表す図で、一定の区画の中に仏や菩薩を配置する。また一般に浄土の姿を描いた図もいう。この図は後者の方で、南家郎女が描いたという伝説が古くから知られる。最近の研究では、唐からの舶来品とされている（『修理完成記念特別展　糸のみほとけ―国宝　綴織當麻曼荼羅と繡仏―』（奈良国立博物館　二〇一八年七月）による）。

史実はその通りであろう。しかし、八世紀における古代と近代の狭間に新しい超越へと目覚めた姫の物語が価値を失うことはない。

校注者あとがき

襤褸をまとい、ゴム草履を履いた鬚だらけの男が私の生家に現れたのは、私が八歳ほどの夏であった。庭先から障子の開けてあった室内を窺って、こちらは尊いお宅だと語り出した。何事かと出て来た母に、この尊いお宅をわしに拝ませて下さい、ついては米を供えたいので、一合お借りしたいと告げた。彼が深々と拝礼する先には、社家であった生家の、それと分かる神棚がある。盆に盛って縁側に置かれた米を前に、男は何ごとかを誦し、ひとつまみの米を縁側に撒いて、終わりましたと挨拶し、米一合を首から吊していた袋に入れて立ち去った。あれは何だと私が母に問うと、母は、あれはほいただ、米が欲しいだけだ、言うとおりにしてやらないと何するか分からんと言い、庭先に塩を撒いた。ほいたは土地の方言で乞食のことである。

それから十年後、私の手に取った書には、驚くことが書かれていた。古く家々を回って寿言を唱えることを生業とする人々がいた、ほかひびとという彼らの唱え言からこの国の文学は芽生えたと。さらにほかひびとはほいとと訛し、巡遊詞人は乞丐へと零落したと読んだとき、私の脳裏に浮かんだのはかつてのホイタ（乞食）であった。ほいたはそのほいとの訛形と知った。彼が何ごとかを誦すという型を示していたのは、もとより僧の托鉢に模すところに発していて、彼の周辺でも行われていた、珍しくもないことだっただろうけれども、私にはほかひびとの型のように思われた。あの頃物乞いはありふれていた。年の暮れに餅つきをしているところへ家族でやってきた者たちもいた。――あの子たちが生きていれば、どんな「砂の器」を作ったことかと思うこともある。

唱え言をする乞丐、その所行に歌や物語の起源を構想する知への興味は、やがて育って、私は古代日本語を研究するようになった。

それから数十年後、私はまたこの問題に向き合うことになる。万葉集巻十六「乞食者詠（きっしょくしゃえい）」についての論である（『セミナー万葉の歌人と作品』第十一巻　内田「乞食者詠」和泉書院　二〇〇五年五月）。鹿と蟹が身の不幸をかこつ長歌二首、芸能者二人のわざおぎ、それこそ折口学説の典型として論じられてきた内容に、それに尽きないことがらを指摘することになった。

「死者の書」との機縁は、龍短歌会が取りもった。会の京都支部「あふひ龍短歌会」の諸姉に依頼されて、「死者の書」の講読を行った（テキストは中公文庫）。半年に亙る講座の記録を龍短歌会機関誌『龍』が掲載してくれた。主宰の小見山輝氏はそのコピーを綴じて熱心に読んでくださったとのことであった。その講座の折に、この作品の元の形について、それを本来あるべきであったテキストに校訂・復元して、広く提供する必要を感じた。今は故人となられた小見山氏は、とりわけそれを待たれたと伺っている。前付けの献辞はそれにちなむ。

本作品は、当初のテキストとしての形式を作者自身が放棄した作品である。作者の新たに取った形式に隠れて、元の形式が顧みられることは少ない。しかし、当初の形式は作者が創作した形式そのものである。ただ、今日それを復元することは、そう容易ではない。唯一の資料の杜撰な印刷（解説参照）から校訂を経て、あるべきテキストとして復元しない限り、当初の構想を解析することは難しい。加えて、この作品が舞台とする奈良時代という条件を勘案して、内容を正確に把握することは、その時代に通じた者でないと困難であろう。私が最適任者とは思わないが、校訂とある程度の注を付すことで読者を助けることはできたと思う。

この校訂テキストが本作品研究の新たな資料となることを願いたい。

口絵画像を提供して下さった國學院大學折口博士記念古代研究所小川所長、出版に尽力下さった塙書房白石社長、制作を担当いただいた潮汐社の小見山社長に感謝申し上げる。

二〇一九年　秋分の頃

內田賢德

初出版　死者の書

2021年1月1日　2版第1刷

著　　　者　釋　迢空

校注・解説　内田賢徳

発　行　者　白石タイ

制　　　作　潮汐社　〒602-0802
京都市上京区鶴山町 1-12-102

発　行　所　株式会社　塙書房

〒113-0033　東京都文京区本郷 6-8-16
TEL 03-3812-5821　Fax 03-3811-0617
振替 00100-6-8782

印刷・製本　デジタルパブリッシングサービス

ISBN978-4-8273-0133-5 C1093 ¥2000E　Printed in Japan